新　潮　文　庫

文豪ナビ　三島由紀夫

新潮文庫編

正しいこと――
あたりまえなことを
やっているのを、
だれにみられようが、
なんといわれようが
かまいはせぬ。

――『花ざかりの森』

こんなとき読みたい三島 1

親と似ている自分を見つけたとき
あなたは血のつながりを
うれしく感じますか？
それとも重荷だと感じますか？

背伸びをしても届かないことを、
ムキになって追い求めたり。
妥協することがおぞましいほど醜いと思えたり。
他人と同じであることが
イヤでイヤでたまらなかったり。
親のような生き方はしたくない、とつっぱったり。
『花ざかりの森』に迷い込んだあなたは
きっと、自分の中で息づいている
そんな「若さ」や「幼さ」を

オトナになりたくないと思ったこと、ないですか。
眠れずに朝を迎えたこと、ありますか。
いまの自分は本当の自分じゃない、と思っていませんか。

そんなあなたに読んでほしい。

『花ざかりの森』

天才少年・三島16歳の作品

声に出して読む → P86
エッセイ（花村萬月） → P110
作品の詳しい説明 → P122

発見するにちがいありません。

映画化された三島作品は数多いけれど、『からっ風野郎』には役者として主演している。
出所したばかりのヤクザの二代目役。

世界を変貌させるのは
決して認識なんかじゃない。
世界を変貌させるのは
行為なんだ。
それだけしかない。

——『金閣寺』

こんなとき読みたい三島 ②

生まれ変わりたい。
新しい自分になって
生きてゆきたい、
と願ったことはないですか？

生きていくことは、壁を乗り越えることの連続。
あるときは自分の愚かさや醜さ、
ちっぽけさを思い知ることであったり、
受け入れてくれない世間や人であったり。
そのときどう立ち向かうか、あるいは逃げ出すか。
そのたびに私たちは、
人生の分かれ道に立っているのかもしれません。
『金閣寺』は、
あなたが壁をどう乗り越えて、

殺したいと思うほど誰かを憎んだこと、ありますか。
狂っているのは世の中のほうだ、と思ったこと、ないですか。
いまの自分を変えたい、と望んでいませんか。

そんなあなたに読んでほしい。

『金閣寺』

ネクラな青春にサヨナラできるかも

『金閣寺』早わかり → P24
10分で作品を読む → P49
エッセイ（小池真理子） → P79
声に出して読む → P95
作品の詳しい説明 → P142

明日を生きていくか、を問いかけてきます。

生まれつき病弱だった三島はボディビルや剣道、空手などで自らの身体を鍛えた。
写真集の被写体となり、その肉体美を披露したことも。

この世には
幸福の特権がないように、
不幸の特権もないの。
悲劇もなければ、
天才もいません。

——『天人五衰』

あなたは人生の最期をどこで、どんなふうに迎えたいですか？

生きてきた価値は、どのようにして決まるのでしょう。
何を成し遂げたか？　誰を愛したか？
何を遺したか？　それとも何と戦ってきたか？
たった一回きりの人生。
なのに、めぐりあわせは不思議なものです。
ほんのちょっとした気まぐれが、
一人の人間の人生を
劇的に変転させてしまうのですから。
『天人五衰』もまた、
あなたの人生を動かすきっかけに

いのちより大事なもの、ありますか。
もう一度生まれ変わりたい、と願ったこと、ないですか。
人間ドラマや人生を描いた映画が、好きですか。

そんなあなたに読んでほしい。

『天人五衰』

人は「輪廻転生」する生き物である

『天人五衰』早わかり → P30
エッセイ（小池真理子） → P79
作品の詳しい説明 → P150

なるかもしれません。

劇的な死を遂げる1週間前、三島は芸術から政治までを饒舌に語っている。
この時、すでに辞世の決意を固めていたという。

文豪ナビ　三島由紀夫

目次

イラスト●野村俊夫　写真●広瀬達郎　編集協力●北川潤之介

5ページ写真

右／新潮文庫『花ざかりの森・憂国』（表題作の他「中世に於ける一殺人常習者の遺せる哲学的日記の抜萃」「詩を書く少年」「海と夕焼」など13篇を収録。自選作品集）

左／DVD「からっ風野郎」（1960年日本映画／監督・増村保造／共演・若尾文子、川崎敬三、船越英二、志村喬、水谷良重／大映）

9ページ写真

右／新潮文庫『金閣寺』

左／1500部限定の『薔薇刑』の初版は、1963年3月の刊行。1971年には国際版として新輯が出ている。写真は1984年発行の新版（集英社）。

13ページ写真

右／新潮文庫『天人五衰』。4部作『豊饒の海』の完結編。

左／『三島由紀夫 最後の言葉』（新潮CD）。評論家古林尚との対談。

本書は書下ろしです。
データは刊行時のものです。

◎◎◎◎◎超早わかり！三島作品ナビ

三島由紀夫 おすすめコース

潮騒 ＜ 真夏の死 ＜ 金閣寺 ＜ 仮面の告白

「潮騒」はさわやかなラブ·ストーリー、しかも舞台は自然豊かな小島。まずは純粋な感動を味わおう。

「真夏の死」にはいろんな人物が登場。人生ってなかなかややこしいってことがわかったら、いよいよ名作「金閣寺」に。

「仮面の告白」はオトコ同士の禁断の愛がテーマ。主人公は女性を愛せないんだ。異性と付き合うのだって大変なのにね。

三島作品は多種多様。でも、どれも知的で美的で優雅なんだ。出来れば寄り道してほしい。

愛の渇き
獣の戯れ

禁《きん》色《じき》
永すぎた春

豊饒《ほうじょう》の海　四部作
春の雪／奔馬／暁の寺／天人五衰

遺作となったのが「豊饒の海」シリーズ。大長編だけど、まさに総決算。三島にハマッたら、これを読まないとね。

あなたにピッタリの三島作品は?

タイトルは有名だけど本当に面白いの?　どんなタイプの話かわかれば読む気になるんだけど……。「超早わかり!　三島作品ナビ」なら、あなたにピッタリの三島が見つかります。

三島という豊饒《ほうじょう》の海へ、心の帆をあげて船出しよう

三島は、生涯にわたって海を愛した。三島の作品もまた、激しさと静けさ、荒々しさと繊細さをあわせもつ大きな海に似ている。そして海は、私たちに豊かな恵みをもたらしてくれる。さあ、豊饒な三島文学の大海へ、大きな帆をかかげ、風をいっぱいに受けて航海の旅に出ようではないか。

『潮騒《しおさい》』は、体育会系純情ラブ・ストーリー

※『潮騒』が奏《かな》でるのは、輝かしい青春賛歌。まず、ここから三島文学へ船出してみよう。

新治《しんじ》という、学校の勉強はからきし駄目だったが、逞《たく》しい肉体と健全な精神を持った漁師の青年がいる。そして、村で有数の金持ちだが、海女《あま》の仕事もする初江《はつえ》という美しい娘がいる。

※『潮騒』は古代ローマの『ダフニスとクロエ』（ラヴェル作曲の音楽でも有名）をヒントにしたと言われる。これまでに5度映画化されたが、一九六四年（主

このまだ未成年の二人が、いろいろな試練を乗り越え婚約に漕《こ》ぎつけるまでのラブ・ストーリー。

『潮騒』のさわやかさは、何といっても主人公・新治のキャラ。笑顔がすばらしい。どんなに辛《つら》いことがあっても、涙をこぼさない。初江と引き裂かれても、嵐《あらし》の海に命懸けで飛び込む時でも、笑うことのできる男だ。

近代小説でのさばってきた、ヤワで病弱な男たちとはハートの出来がちがう。ちょっとしたことで傷つき、ジョークのように「死んでやる」と叫ぶ不健全男の何と多いことか！　ましてや、酒場でへべれけに酔ってオダをあげたり、変な女につかまって堕落するような近代知識人なんかとは、くらべるまでもない。

だから、新治に憧《あこが》れる男性読者は、読書中も歯を食いしばって涙をこらえよう。いや、初江も泣いていないから、女性読者も泣いてはならない。読者をなかなか泣かせてくれない、そこ

演／吉永小百合、浜田光夫）と一九七五年（主演／山口百恵、三浦友和）のものが有名。

『潮騒』

作品の詳しい説明 ➡ P138

がまたたまらないんだよねえ。

新治の母親と初江が海女としての誇りをかけて鮑《あわび》取り競争をして、勝った初江が賞品を新治の母親にプレゼントする感動的な場面。ここで、グッときたままで持ちこたえられた読者は、三島文学の最初の関門を通過している！

三島が生涯に渡って愛した海へ、航海ははじまったばかりだ。

短編集『真夏の死』はほろ苦い人生の味

最初の停泊地は、『真夏の死』という自選短編集はどうだろうか。

最後にそっと置かれている『雨のなかの噴水』が特にオススメ。そこには『潮騒』のさわやかな少年少女の姿はもう見られない。男らしい王様のように、雄々しく少女を捨てようとする少年。少年に捨てられて泣いていた少女が、ふと強い女へと変《へん》貌《ぼう》する瞬間。立場が逆転して、弱者に転落する少年。「女性の圧倒的な強さの前にたじろぐ男性」……このテーマは、これから何度も三島の作品にあらわれてくる。

『サーカス』と『翼』も、三島らしい短編だ。男たちは、パラダイスを追放され、とぼとぼと地上をさすらう。彼らの人生に、最初から勝ち目はない。けれども、底なし沼のように果てしのない海を、昂然《こうぜん》と胸を張って航海せねばならない。

男は、美しく、そして劇的に滅びなければならないのだ。できれば自力で、それができなければ他人の力添えで、人生の最後の瞬間を完結しなくてはならない。

一方、強いはずの女だって、決してラクなわけじゃない。『真夏の死』※を読んでみればいい。平和で幸福な暮らしをしている朝子という女性の心の中の「渇き」に、ハッとするはずだ。朝子は、何かを呪《のろ》い、何か恐ろしいカタストロフィーを待ちつづけている。

※『真夏の死』は一九五二に書かれた。前年暮れから三島は、世界一周旅行に出かけている。朝日新聞特別通信員としてだった。

あなたは、「男がいつか必ず直面する人生の壁」の方に興味を持つだろうか。それとも「女も苦しいんだ」という方に共感するだろうか。前者なら『仮面の告白』へ、そして、後者なら『愛の渇き』や『美徳のよろめき』へと読み進めるといい。

しかしその前に、ちょっと寄り道しておきたい、だいじな港がある。「男の壁」という要素を薄めて一般性を高めることで、「人間の壁(青春の壁)」を描ききった名作『金閣寺』である。


「ほんとうの自分」に生まれ変わりたい！

『金閣寺』はバッド・エンドの青春苦悩ドラマ

一九五〇年に国宝・金閣寺が放火で全焼した事件が題材。※性善説の『潮騒』と違い、放火という「悪」を見つめている。

村上春樹《はるき》にも「納屋《なや》を焼く」という短編がある。古典にも、恋人に会いたい一心で火を放った八百屋お七がいる。人はなぜ、

※『金閣寺』の主人公は、「放火僧」。三島が大好きだった室町時代の能に、『放下僧』という謡曲作品がある。そのクライマックスの舞台は、何と「三島」神社。単なるダジャレだが、三島は『放下僧』から「放火僧」と

『金閣寺』

10分で作品を読む ➡ P49
エッセイ（小池真理子）➡ P79
声に出して読む ➡ P95
作品の詳しい説明 ➡ P142

いけないと知りつつ、火をつけるのか。

文学は、昔から「生まれ変わりたい※※」という変身願望をテーマとすることが多い。昨日までのミジメな自分から、何としても脱皮したい。そういうとき、大きな試練が与えられ、それをクリヤーすれば晴れて「別人格」に生まれ変われるのだが、この試練がなかなかキビしい。たいがい命懸けなんだもん。

運命ってヤツは、大きく分けて「水の試練」か「火の試練」、二種類のうちのどちらかを若者に与えるようだ。『潮騒』は暴風雨に耐えて船を守るという「水の試練」に合格した新治を描くハッピー・エンド。『金閣寺』は、「火の試練」によって生まれ変わろうとした、そして犯罪者になるしかなかった青年を描き尽くすバッド・エンド。

『金閣寺』のラスト・シーン。紅蓮《ぐれん》の炎に包まれる金閣寺を後にして逃亡した放火僧※※※の心。「生きようと私は思った」。「私」は、死のうとしたのではなかった。生きたかったのだ。生きる

いう言葉を思いついて『金閣寺』の構想をふくらませたのかもしれない。

※※
青春期の変身願望は、映画やアニメでも大きなテーマの一つ。『仮面ライダー』『ドラゴンボール』『スター・ウォーズ』『スパイダーマン』などなど。しかし近ごろの変身ヒーローは苦悩もともなうようだ。

※※※
『金閣寺』に禅僧が猫を斬ったエピソードをめぐって議論する場面がある。三島の小説で猫や鼠が出てきたら、深い哲学が込められているようなので、注意して読むとよい。

ために、火をつけねばならなかったのだ。

いつの時代でも、若者は生き続けたい。だけれども、昨日までの「こんな自分」がイヤでイヤでたまらない。明日からは生まれ変わりたい。もし「ほんとうの自分」へと生まれ変われるのだったら。いや、生まれ変わらねば、生きられない。

ほら、あなたにも思い当たること、あるでしょう？

三島にはほかにも「青春の壁」を描いた『青の時代』※がある。また、四人の青年が登場する本格的な長編『鏡子の家』では、その時代の若者群像とそれを取り巻く世の中全体を描いているので、立ち寄ってみて欲しい。

では、そろそろ船の錨《いかり》を上げて『仮面の告白』へと舵《かじ》を切ろう。ただし、「自分は三島と違って、生きて現実世界に戻ってくるんだ」という強い決心を持って。

※『青の時代』は実在の人物をモデルにしている。現役の東大生でありながら、高利金融会社「光クラブ」を起こした山崎晃嗣。山崎は経営に失敗、一九四九年に自殺した。

同性に惹《ひ》かれたことはありませんか？
『仮面の告白』はオトコ同士の禁断の愛がテーマ

『仮面の告白』は、三島由紀夫の屈折した変身願望を告白した野心的な小説と言える。それも、毒がたっぷりと塗られている。

この世にてっとり早く変身できるものがあるとしたら、それは「結婚」である。姓が変わり、家族が変わり、自分を取り巻く世間との関係も変わる。役割と責任が加わり、社会的な地位も与えられる。未熟な青年から、成熟した大人へ。つまり「結婚」は「変貌のベルトコンベアー」であり「脱皮のシステム」なのだ。

ところが、運命というものがあり、異性を愛せない人間だっているのだ。彼ら（彼女ら）は、「結婚すれば変われる」という第一歩を踏み出すことができない。だから、いつまでも「未

『仮面の告白』

10分で作品を読む ➡ P38
声に出して読む ➡ P89
作品の詳しい説明 ➡ P126

熟」な状態のままで、生きねばならない。年をとり、偉くなったり、金持ちになったりしても、その心は未熟なのだ。かといって、「ピーターパンのように、自分は未熟なままでいいんだもん」と居直ることは、「健全な」社会がなかなか許してくれない。

『仮面の告白』の主人公は、生まれ変わりたくて、必死に女性を愛そうとする。異性愛の壁を越えねば、「結婚」から先のコンベアーに乗ることができないからだ。でも、そのたびに、女性を愛せない自分の心に気づく。

作家・三島由紀夫と、生身の人間・平岡公威《きみたけ》（三島の本名）は、別人である。平岡公威は結婚もし、二人の子どもにも恵まれ、※白亜の大豪邸も築き、天才としての名声も獲得した。「ノーベル賞作家になる」という目的だけは、達成できなかったけれど。

けれども、三島の心には、自分は「人並み以下なのだ」とい

※ 白亜の邸宅は一九五九年に東京都大田区に建てられた。ヴィクトリア朝コロニアル様式。

う、暗くて正直なコンプレックスがあった。『仮面の告白』ではそれを「結婚」という大人への階段を踏み出せない若者の悲劇として描いた。底に流れるのは「男性失格者」の哀《かな》しみではないか。

成長とか成熟とか、しなくてもよいのに、人は別の人格へと脱皮したいと願う。「変わりたい」と思うことで、「変身」のための心のエネルギーが蓄積され、それが「自分は、今、生きている」という歓《よろこ》びをもたらすのだろう。

ところで、昭和文学の最大の挫《ざ》折《せつ》者である太《だ》宰《ざい》治は、何人もの女性を過剰に愛した。三島が太宰に面と向かって、「私はあなたの文学が嫌いです」と発言したというエピソードがある。

さてここで同性愛※※に関心を持ったら、『禁色《きんじき》』という長編へと進んでもいい。「結婚」にまつわる苦悩にこだわるなら、『永すぎた春』も婚約から結婚へと進めない男女を描いているし、『音楽』は形だけは結婚したが、愛する夫との性交渉で幸福を

※※
平成の文壇や少女漫画の世界には、同性愛を描くジャンルがあり、「やおい」物と呼ばれているそうだ。「やまなし」「おちなし」「いみなし」の頭をとって「やおい」となったといわれている。

得られない女性の悲劇を描いている。それにしても「ほんとうの結婚」という難所を切り抜けなければ、「幸福号」という船が出帆できないものだろうか。

禁じられた愛って、心が波立つものなんですね
『豊饒《ほうじょう》の海』四部作への大クルージング

そろそろ大長編小説への航海に挑む頃合いだ。いよいよライフワーク『豊饒の海』シリーズ四部作へ、船の舳先《へさき》を向けておも舵いっぱ〜い。

『豊饒の海』は、恋をテーマとする『春の雪』、政治をテーマとする『奔馬』、性愛をテーマとする『暁の寺』（ここがやや難所だ）、そして知性をテーマとする『天人五衰《てんにんごすい》』の四作から成る。いずれも、恋や政治のシンボルのような純粋な若者が主人公。その四通りの「生きざま」を、本多《ほんだ》という一人の男が見届

『豊饒の海』四部作

10分で作品を読む ➡ P60
エッセイ（小池真理子） ➡ P79
作品の詳しい説明 ➡ P149

ける、という設定。

この大海には、三島文学のすべての要素が流れ込んでいる。読者は、三島文学に船出してからこれまでに目にしてきた光景を、なつかしく思い返すだろう。まさに、総決算だ。中でも注目しておきたいのが、第一作『春の雪』である。

戦前の日本には「華族」と呼ばれる貴族階級があった。むろん、その上には天皇を頂点とする皇族がいる。その華族である侯爵家の跡継ぎ・松枝清顕《まつがえきよあき》と、伯爵家のご令嬢・綾倉聡子《あやくらさとこ》。この二人の悲しくも激しい恋を描いたストーリーだ。

二人の恋を燃え上がらせたのは、最高秩序である「天皇」だった。ある宮様の妃《きさき》に聡子がなることを天皇が許可した。清顕が聡子と関係することは、夫となる宮様だけでなく、天皇の権威への反逆行為を意味する。皇室をめぐる三角関係のタブー。「お后《きさき》様の不倫」。このスキャンダラスなゴシップこそ、「禁じられた愛」の一つのカテゴリーであるとともに、読者の心を強く揺さぶる文学の王道なのだ。

　二人の若者の命懸けの恋は、知る人ぞ知る「秘密」である。そう、物語は秩序破壊の「秘密」を読者に共有させることで、読者の心をかき乱し、一気に別の世界へと拉致《らち》してしまう荒技をやってのけたのだ。

　ああ、物語って、何て重厚で、何て華麗で、何て涙をそそるものなのかしら。
　※まるで春の雪のように淡い恋だった。清顕は死に、聡子は中絶手術を受けた後で、出家して尼になる。妃殿下候補となることで「タブーへの挑戦」の意欲を清顕の心に燃え立たせた聡子は、「尼との恋はタブー」という状況を作ることで、清顕にすばらしい死に場所を与えてあげたのだ。
　けれども、読み終えたあなたの心には、コリコリとした何かが残るにちがいない。それは、今、現にある世界への疑問ではないだろうか。三島文学は、異端者を描いてきた。しかし、世

※
三島はクーデター決起の年の三月、楯の会メンバーと雪の三国峠で軍事演習をしていた。そのとき彼は、なぜか『古今和歌集』の和歌を思い出したという。
　きみがため春の野にいでて若菜摘むわが衣手に雪はふりつつ
　今は春のはずなのに、冬に降るべき雪が目の前にある。その秩序の混乱が、文学者にとっての「詩の源泉」となり、志士にとっての「行動のエネルギー」となると悟ったという。

の中と三島とでは、どちらがヒズんでいるというのだろう。

聡子は、後に月修寺の門跡《もんぜき》（住職）となる。そして高徳な尼僧として、第四作『天人五衰』の最後の場面で再び重要な登場をする。ところが、晩年の聡子は、清顕という男など自分は知らない、と言い放つ。

そう、清顕は聡子の心の中に幽閉されたのだ。しかも、世界の風景の中に溶かされて。主人公は、完膚無きまでに消滅してしまった。

『天人五衰』の末尾は、豊饒の海から水分が突然に干上がったかのよう。水なき大海で、船は進路を失った。これは破滅なのか。それとも、竜安寺※※の石庭が水を必要としないで海を象徴しているように、この何もない光景から先へと人間たちは航海できるのか。現実の海は進めなくても、心の中の海や空を渡ることはできるではないか。しかし、作者が提供してくれていた船すらも、消え失《う》せたかのようなのだ。

※※京都・竜安寺は、臨済宗妙心寺派の古刹。一四五〇（宝徳二）年、創建。その後、「応仁の乱」で焼けている。

ここから、三島ファンは、自分の心の中の新たな読書の海に船を浮かべることで、漕ぎ出さねばならない。真の心を求めて、あくなき航海をつづけよう。

いろんな港に錨をおろせば人生だってよく見えてくる
『愛の渇き』や『獣の戯れ《たわむ》』にも立ち寄りたい

最後に、できれば寄港してもらいたいいくつかの「港」をめぐっていこう。

『愛の渇き』や『午後の曳航《えいこう》』には、荒ぶる神スサノオのごとき屈強の肉体が登場する。三島は、ボディビルに打ち込んで、肉体改造を図った。それは、ひ弱な秀才の心の改造計画でもあったはず。いったい彼は、何に変身したかったのだろうか。

フランスの天才少年レイモン・ラディゲに対抗して書かれた『獣の戯れ』には、微妙な心理の綾《あや》が描きこまれている。『美徳

『午後の曳航』

声に出して読む ➡ P87
エッセイ（花村萬月）➡ P109

『愛の渇き』

エッセイ（小池真理子）➡ P79
作品の詳しい説明 ➡ P136

のよろめき』や『沈める滝』もまた、大衆小説のスタイルを取ったすぐれた心理小説。立ち寄るのもまたたのし。

ＳＦが好きな人なら、『美しい星』ははずせない。

社会派の小説に新風を吹き込もうとした長編『宴《うたげ》のあと』は、プライバシー裁判としてあまりにも有名である。ねらい通りかどうか、社会問題となったわけだ。

最後に、たゆとう潮の流れとも言うべき三島の文体について。「構築的」というしかないその文体は、日本の自然主義文学の文体とまるで違っている。知的で、美的で、優雅で。それは彼が確立した文体が、心の領域を描くのに最もふさわしいからだ。そして、それが欧米※で三島の評価が高い理由であることを付け加えておこう。

これで、三島文学の処女航海はとりあえず終わり。あなただけのコースを見つけて、こころゆくまでクルーズしてください。

※三島作品の翻訳出版は一九五六年の『潮騒』の英訳から。他に『近代能楽集』『仮面の告白』『金閣寺』『宴のあと』『午後の曳航』など多数。

あなたの新しい船出を、大いなる海は待ち望んでいるはず。ほら、海の香りが、鼻孔をくすぐっているでしょ。それでは、

Bon Voyage！

木原武一

【きはら・ぶいち】

1941年東京都生れ。東京大学文学部卒。文筆家。著書に『大人のための偉人伝』『父親の研究』『要約　世界文学全集Ⅰ・Ⅱ』、翻訳書に『聖書の暗号』などがある。

10分で読む「要約」三島由紀夫

『仮面の告白』

最初の記憶、確たる影像で私を思い悩ます記憶がはじまったのは五歳のころだった。

私は誰か知らぬ女の人に手を引かれて、坂をのぼっていた。むこうから一人の若者が、肥桶《こえおけ》を前後に荷《にな》い、汚れた手拭《てぬぐい》で鉢巻をし、血色のよい美しい頰と輝やく目をもち、足で重みを踏みわけながら坂を下りて来た。それは汚穢《おわい》屋――糞尿汲取《ふんにょうくみとり》人――であった。彼は地下足袋を穿《は》き、紺の股引を穿いていた。私は異常な注視でこの姿を見た。

私はこの世にひりつくような或《あ》る種の欲望があるのを予感した。汚れた若者の姿を見上げながら、「彼になりたい」という欲求が私をしめつけた。彼の下半身を明瞭《めいりょう》に輪廓《りんかく》づけていた股引に対して、いわん方ない傾倒が私に起った。そして、彼の職業から受けた「悲劇的なもの」「身を挺《てい》している」と謂《い》った感じが私をとりこにした。

もう一つの最初の記憶がある。数ある絵本のなかで、ただ一枚の絵が、しつこく私の偏愛に愬《うった》えていた。それは、白馬にまたがって剣をかざしているジャンヌ・ダルクであった。私は彼が次の瞬間に殺されるだろうと信じた。あるとき、ジャンヌ・ダルクが女だと知って、私はその絵本を見捨てた。

さらに一つの記憶。汗の匂《にお》いである。練兵から帰る軍隊が私の家の前を通った。子供好きな兵士から、空になった薬莢《やっきょう》をもらうのをたのしみにしていたが、そのかくれた動機は、かれらの汗の匂いだった。あの潮風のような・黄金《きん》に炒《い》られた海岸の空気のような匂い、あの匂いが私の鼻孔を搏《う》ち、私を酔わせた。私の最初の匂いの記憶はこれかもしれない。

私が人生ではじめて出逢《であ》ったのは、これら異形の幻影だった。それは実に巧まれた完全さを以《もっ》て最初から私の前に立ったのだ。私の生涯の不安の総計のいわば献立表《メニュー》を、まだそれが読めないうちから与えられていた。

私は、子供に手のとどくかぎりのお伽噺《とぎばなし》を渉猟《しょうりょう》しながら、王女たちを愛さなかった。王子だけを愛した。殺される王子たち、死の運命にある王子たちは一層愛した。殺される若者たちを凡《すべ》て愛した。また、私は、自分が戦死したり殺されたりしている状態を空想することに喜びを持った。

＊

私は奇体な玩具《おもちゃ》をあてがわれた子供の悩みを悩んでいた。十三歳であった。ある日、風邪気味で学校を休まされたのをよいことに、父の外国土産の画集を部屋へもちこんで丹念に眺めていた。すると、そこで私を待ちかまえていたとしか思われない一つの画像が現われた。聖《サン》セバスチャンの殉教図だった。

非常に美しい青年が、憂鬱《ゆううつ》な森と夕空との仄暗《ほのぐら》い遠景を背に、やや傾いた黒い樹木の幹に裸かで縛られていた。その裸体を覆《おお》うものとては、腰のまわりにゆるやかに巻きつけられた白い粗布があるばかりだった。顔をやや仰向け、天の栄光をながめやる目が、深くやすらかにみひらかれ、左の腋窩《えきか》と右の脇腹《わきばら》に矢が突き刺さっていた。彼の引緊《ひきしま》った・香り高い・青春の肉へと喰い入った二本の矢が、その物静かな端麗な影を、彼の大理石の肌の上へ落していた。

その絵を見た刹那《せつな》、私の全存在は或る異教的な歓喜に押しゆるがされ、私の血液は奔騰《ほんとう》し、私の器官は憤怒《ふんぬ》の色をたたえた。この巨大な・張り裂けるばかりになった私の一部は、今までになく激しく私の行使を待っていた。私の手はしらずしらず、誰にも教えられぬ動きをはじめた。私の内部から暗い輝かしいものの足早に攻め昇って来る気配が感じられた。と思う間に、それはめくるめく酩酊《めいてい》を伴って迸《ほとばし》った。

これが私の最初の「悪習」だった。

初夏の一日、それは夏の仕立見本のような一日であり、いわばまた、夏の舞台稽古《げいこ》のような一日だった。体操の教師が言った。

「さあ、懸垂をやろう。近江《おうみ》。お手本をやってみせなさい」

近江の姿を見て、私の胸がさわぎ出した。彼は袖《そで》なしの真白なランニング・シャツ姿だった。くっきりした胸の輪廓と二つの乳首が、その石膏《せっこう》にレリーフされていた。一つの跳躍が彼の身をつらぬき、二つの腕がその見事な体軀《たいく》を鉄棒から吊《つ》るしていた。

「ほう」

級友たちの嘆声が鈍く漂った。彼のむき出された腋窩の豊饒《ほうじょう》な毛、煩多な夏草のしげりのような毛が少年たちをおどろかしたのである。生命力、ただ生命力の無益な夥《おびただ》しさが少年たちを圧服したのだった。私は彼の夥しいそれを見た瞬間からerectioが起っていた。彼が懸垂をするために鉄棒につかまった姿形は、他の何ものよりも聖セバスチャンを思い出させるのにふさわしかった。

中学四年のとき、私は貧血症にかかった。そのひとつの原因は「悪習」にあったが、貧血が癒《なお》っても、私の「悪習」は募るばかりだった。

幾何の時間中、私はいちばん若い幾何の教師Aの顔を見飽かなかった。私は黒板の字をノートに写していたが、そのうち私の目はノートから離れ、Aの姿を無意識に追った。官能の悩みがすでに私の行住座臥《ぎょうじゅうざが》に喰い入っていた。若い教師は私の目交《まなかい》に、いつかしら幻のヘラクレスの裸像を現前した。私はとうとう授業時間中に悪習を犯した。

あるとき、ゆきかえりのバスの女車掌を好きらしいという友人の噂《うわさ》話から、いったいバスの女車掌なんてどこが好《よ》いのだろうという一般論になった。私は意識した冷たい調子で、投げ出すようにこう言った。

「そりゃああの制服さ。あの体にぴったりしているところがいいんだろう」

「呆《あき》れた。君って相当なもんだねえ」と、友人たちは口々に言った。

私がバスの女車掌について些《いささ》か肉感的な言草ができたのは、実に単純な理由にすぎない。私が女の事柄については他の少年がもっているような先天的な羞恥《しゅうち》をもっていないという理由に尽きる。「女」という字から、彼らは異常な刺戟《しげき》をうけるもののようであったが、私は、鉛筆とか自動車とか箒《ほうき》とかいう字を見てうける以上の印象を感覚的には一向受けなかった。

＊＊

昭和十九年の九月、私は或る大学へ入った。有無を言わさぬ父の強制で、専門は法律を選ばされた。しかし遠からず私も兵隊にとられて戦死し、私の一家も空襲で一人のこらず死んでくれるものと確信していたので、大して苦にはならなかった。

戦争の最後の年が来て私は二十一歳になった。貧弱な体にもかかわらず徴兵検査で第二乙種合格となり、召集されたが、入隊検査で風邪気味の症状を肺浸潤と誤診され、即日帰郷を命ぜられた。三月のはじめ、特別幹部候補生として入隊していた草野という親友の母から、はじめての面会がゆるされるので一緒に行かないかという電話がかかってきた。私は承諾し、草野の家に近い駅で待ち合わせることにした。

まだ朝は寒かった。むこうの階段を青いオーヴァーの少女が降りて来た。草野の家で会ったことのある、彼の妹、園子だった。私より二歳年下と聞いていた。彼女はまだ私に気づいていない様子であった。私のほうからはありありとみえた。

生れてこのかた私は女性にこれほど心をうごかす美しさをおぼえたことがなかった。私の胸は高鳴り、私は潔《きよ》らかな気持になった。園子は光りの揺れるようなしなやかな身ぶりで私のほうへ駈《か》けて来た。私はこの朝の訪れのようなものを見た。少年時代から無理矢理にえがいてきた肉の属性としての女ではなかった。しかし、一瞬毎《ごと》に私へ近づいてくる園子を見ていたとき、居たたまれない悲しみ、私の存在の根柢《こんてい》が押しゆるがされるような悲しみに私は襲われた。一方に、園子への心の接近を頭から贋物《にせもの》だと考えたがる感情があり、他方には、それを真実の愛だと考えたい欲求があった。

前者は後者が仮面をかぶって現われたものかもしれなかった。私は是が非でも彼女を愛さなければならぬと感じた。

二三日後、私は園子に貸す約束をした本を携えて草野家を訪れた。園子の目と唇がかがやいていた。

「僕たちがこうやって話していられるのだって、奇蹟《きせき》かもしれない……」

「ええ、お会いしたかと思うと早速わたくしたち離れ離れになってしまうのね」

私は、自分が園子を愛しており、園子と一緒に生きるのでない世界は私にとって一文《もん》の価値もないという観念に圧倒された。

園子との手紙のやりとりは特別なものになりつつあった。私は口のなかで何度も彼女からの手紙の一行をくりかえした。

「……お慕いしております。……」

その年の六月、私は招かれて草野家の疎開先へ行った。私は彼女の祖母や母の前で、幾度となく彼女と大胆な目くばせを交わし、食事の時にはテエブルの下で足を触れ合った。

私は自分に課した義務をまだ果たしていなかった。学徒動員ではたらいていた海軍工廠《こうしょう》へ帰る二日前、私と園子は、今は使われなくなっていたゴルフ場に来ていた。私は新兵のように緊張していた。あそこに木立がある。あの蔭《かげ》が適当だ。

園子は私の腕の中にいた。息を弾ませ、火のように顔を赤らめ、睫《まつげ》をふかぶかと閉ざしていた。その唇は稚《おさ》なげで美しかったが、依然私の欲望には愬《うった》えなかった。しかし私は刻々に期待をかけていた。接吻《せっぷん》の中に私の正常さが、私の偽わりのない愛が出現するかもしれない。私は彼女の唇を唇で覆った。一秒経《た》った。何の快感もない。二秒経った。同じである。三秒経った。――私には凡《すべ》てがわかった。

出発の朝、私はじっと園子を見ていた。凡てが終ったことが私にはわかっていた。周囲の人たちは凡てが今はじまったと思っているのに。

園子との結婚を打診する草野からの手紙に、私は婉曲《えんきょく》な拒絶の返事を書いた。

＊＊＊

戦争がおわって二度目の新年の月半ば、私は友人から誘われていた悪所通いを決心した。虚栄心のみが危険を冒させる。私の場合は二十三にもなって童貞だと思われまいとする在り来りの虚栄心である。

金歯と歯茎をむき出しにして笑いながら、のっぽの東北訛《なまり》の女が私を三畳の小部屋へ誘拐した。

義務観念が私に女を抱かせた。肩を抱いて接吻しかかると、「だめよォ。紅がついちまうわよォ。こうすんのよォ」と、娼婦が口紅にふちどられた金歯の大口をあけて逞《たく》ましい舌を棒のようにさし出した。私もまねて舌を突き出した。舌端が触れ合った。余人にはわかるまい。無感覚というものが強烈な痛みに似ていることを。私は枕《まくら》に頭を落した。

十分後に不可能が確定した。恥じが私の膝《ひざ》をわななかせた。

ある梅雨曇りの午後、散歩していると、うしろから私の名が呼ばれた。園子である。彼女が外務省の役人と結婚したことは聞いていた。配給所のかえりとみえて、バケツを手に提げていた。

「今でも、あたくし、どうしてあなたと結婚できなかったのか、わからなくてよ。あたくしをおきらいだったの？　何と言ったらいいのかしら、別のあたくしが別の生き方をしようとしているのを想像してみることがあるのよ。そうすると、あたくしはわからなくなるの。あたくしは言ってはいけないことを言おうとしているような気がするの」と彼女は言った。

私は大学を卒業し、ある官庁に奉職した。園子とは、二三ヶ月おきに、それも昼の一、二時間、何事もなく逢《あ》い何事もなく別れるような機会をいくつか持った。逢っているときもその時々の別れぎわをきれいにすることしか考えていなかった。

「おかしなことをうかがうけれど、あなたはもうでしょう。もう勿論《もちろん》あのことは御存知の方《ほう》でしょう」

私は力尽きていた。しかし、心になお残る発条《バネ》のようなものが私に言わせた。

「うん、……知ってますね。残念ながら」

「いつごろ」

「去年の春」

「どなたと？」

——この優雅な質問に私は愕《おどろ》かされた。

「名前は云えない」

「どなた？」

「きかないで」

別れの時刻が待たれた。私と園子はほとんど同時に腕時計を見た。時刻だった。


【編者からひとこと】

この小説の前文にドストエフスキーの『カラマーゾフの兄弟』から、「しかし、人間て奴《やつ》は自分の痛いことばかり話したがるものだよ」というドミートリイの言葉が引用されている。痛いことを語るには、痛くないふりをすることが必要である。あまりに痛々しいと、聞きづらい。時には仮面も必要かもしれない。仮面が語り手を大胆にすることは大いに考えられる。

『金閣寺』

幼時から父は、私によく、金閣のことを語った。父によれば、金閣ほど美しいものは地上になく、私の心がその字面《じづら》や音韻から描きだした金閣は途方もないものであった。遠い田の面《も》が日にきらめいているのを見たりすれば、それを金閣の投影だと思った。山あいの朝陽の中から、金閣が朝空に聳《そび》えているのを私は見た。金閣はいたるところに現われた。美しい人を見ると、「金閣のように美しい」と形容するほどだった。

体も弱く、駈足《かけあし》をしても鉄棒をやっても人に負ける上に、生来の吃《ども》りが、私を引込思案にした。吃りは、私と外界とのあいだに一つの障碍《しょうがい》を置いた。最初の音《おん》がうまく出ない。その最初の音が、私と外界との間の扉の鍵《かぎ》のようなものであるのに、鍵がうまくあいたためしがない。ようやく鍵があいたときには、鮮度の落ちた現実、半ば腐臭を放つ現実が、横たわっているばかりであった。

私は、日頃私をさげすむ教師や学友を、片っぱしから処刑する空想をたのしむ一方、内面世界の王者、静かな諦観《ていかん》にみちた大芸術家になる空想をもたのしんだ。この世のどこかにまだ私自身の知らない使命が私を待っているような気がしていた。

中学二年の春休み、私は寺の住職をしていた父に連れられて、金閣寺を訪ねるという永年の夢をかなえることができた。金閣は足利義満《あしかがよしみつ》が京都北山の別荘に建てた仏教建築物の一つで、義満の没後、その別荘は禅宗の寺院となって、鹿苑寺《ろくおんじ》と号し、建物は他に移されたり、荒廃したりしたが、金閣だけは残された。金閣寺は鹿苑寺の別称である。

鹿苑寺総門の前に立ったとき、私の胸はときめいた。これからこの世で一番美しいものが見られるのだ。私は鏡湖池のこちら側に立っており、金閣は池をへだてて、傾きかけた日にその正面をさらしていた。

「どや、きれいやろ。一階を法水院《ほすいいん》、二階を潮音洞、三階を究竟頂《くきょうちょう》と云《い》うのんや」と、父は病んだ肉の薄い手を私の肩において私に言った。私はいろいろに角度を変え、あるいは首を傾けて眺めた。何の感動もなかった。それは古い黒ずんだ小《ち》っぽけな三階建にすぎなかった。美というものは、こんなに美しくないものだろうか、と私は考えた。

金閣拝見のあと、私と父は大書院の住職の部屋へとおされた。鹿苑寺の住職は、私の父と禅堂における友であった。父が言った。

「わしも永いことないと思うてますので、どうかその節はこの子をな」

「よろし。お引受けします」と、住職は答えた。

あれほど失望を与えた金閣も、家に帰ってから、日に日に、私の心の中でまた美しさを蘇らせ、いつかは、見る前よりももっと美しい金閣になった。

その後しばらくして、肺を病んでいた父は、夥《おびただ》しい喀血《かっけつ》をして死んだ。

＊

昭和十九年の夏、父の遺言どおり、私は故郷の舞鶴《まいづる》から京都へ出て、金閣寺の徒弟になった。住職に就いて得度し、頭を青々と剃《そ》られた。空気が頭にぴったりと貼《は》りついているような感じで、そういう頭で金閣を見上げると、金閣は私の目ばかりでなく、頭からも滲《し》み入って来るように思われた。

『金閣よ。やっとあなたのそばへ来て住むようになったよ』と、私は箒の手を休めて、心に呟《つぶや》くことがあった。『あなたの美しさは、もう少しのところではっきり見えそうでいて、まだ見えぬ。いつかあなたの美しさの秘密を打明けてくれ』

私にはそこに金閣の存在することがふしぎでならなかった。本堂で夜眠っているときなどは、金閣は存在していないような気がした。そのため、私は日に何度となく金閣を眺めにゆき、朋輩《ほうばい》の徒弟たちに笑われた。その徒弟の一人に、鶴川《つるかわ》という東京から来た少年がいた。私は直感で、この少年はおそらく私のようには金閣を愛さないだろうということがわかった。私はいつか金閣への偏執を、ひとえに自分の醜さのせいにしていたからである。

鶴川は一度も私の吃りをからかおうとしなかった。そのことを詰問《きつもん》すると、彼はえもいわれぬやさしい微笑をうかべて、こう言った。

「だって僕、そんなことはちっとも気にならない性質《たち》なんだよ」

私は愕《おどろ》いた。田舎の荒っぽい環境で育った私は、この種のやさしさを知らなかった。私という存在から吃りを差引いて、なお私でありうるという発見を、鶴川のやさしさが私に教えた。鶴川の長い睫《まつげ》にふちどられた目は、私から吃りだけを漉《こ》し取って、私を受け容《い》れていた。それまでの私はといえば、吃りであることを無視されるのは、それがそのまま、私という存在を抹殺されることだ、と奇妙に信じ込んでいた。

ある日、「帝都空襲不可避か?」という新聞の見出しを目にして、やがて金閣は空襲の火に焼き亡《ほろ》ぼされるかもしれぬという考えが私の裡《うち》に生れた。この美しいものが遠からず灰になるのだ。私も同様だ。この世に私と金閣との共通の危難のあることが私をはげました。美と私とを結ぶ媒立《なかだち》が見つかったのだ。私を拒絶しているように思われたものとの間に、橋が懸けられたと私は感じた。京都全市が火に包まれることが、私のひそかな夢になった。私はただ災禍を、大破局を、人間も物質も、醜いものも美しいものも押しつぶしてしまう巨大な天の圧搾機《あっさくき》のようなものを夢みていた。

戦争末期のある日、私は鶴川と一緒に南禅寺へ行った。釈尊の像の前で私たちはひざまずいて合掌し、御堂を出たが、楼上からは去りがたく、勾欄《こうらん》にもたれていると、道を隔てた天授庵の座敷に坐《すわ》っている一人の若い女の姿が目に映った。奥から、軍服姿の若い陸軍将校があらわれ、女の一二尺前に正坐《せいざ》した。男はお茶をすすめられてもなかなか喫しない。すると、女は姿勢を正したまま、俄《にわ》かに襟元をくつろげ、白い豊かな乳房を自分の手で引き出した。士官は茶碗を捧《ささ》げ持って、女の前に膝行《しっこう》し、女は乳房を両手で揉《も》むようにした。白いあたたかい乳が茶碗の中へほとばしり、男はそのふしぎな茶を飲み干した。

＊＊

戦争がおわった。終戦の詔勅をきいた日、金閣を一目見て、私は「私たち」の関係がすでに変っているのを感じた。金閣は「昔から自分はここに居《お》り、未来永劫《えいごう》ここに居るだろう」という表情を取戻していた。私の心象からも、否《いな》、現実世界からも超脱して、どんな種類のうつろいやすさからも無縁に、金閣がこれほど堅固な美を示したことはなかった！

私の足は慄《ふる》え、額には冷汗が伝わった。金閣は、音楽の怖《おそ》ろしい休止のように、鳴りひびく沈黙のように、そこに存在し、屹立《きつりつ》していたのである。『これで私と金閣とが同じ世界に住んでいるという夢想は崩れた』

敗戦は私にとっては、こうした絶望の体験に他ならなかった。

昭和二十二年の春、私は大谷大学の予科に入学し、柏木《かしわぎ》という学生と親しくなった。彼の著しい特色は、強度の両足の内翻足《ないほんそく》であった。いつもぬかるみの中を歩いているようで、一方の足をぬかるみからようやく引き抜くと、もう一方の足はまたぬかるみにはまり込んでいるという風なのである。私が柏木に注目したのは、彼の不具が私を安心させたからだった。

「君は俺に比べて自分の吃りを、そんなに大事《おおごと》だと思っているのか」と彼は私に言った。「君は自分を大事にしすぎている。だから自分と一緒に、自分の吃りも大事にしすぎているんじゃないか」

「吃れ！　吃れ！」と柏木は二の句を継げずにいる私にむかって、面白《おもしろ》そうに言った。彼の言葉で、私の不具の思いは癒《いや》され、はじめて同格で話し合う喜びをさとった。

ある日の夜、柏木の下宿で話をしていると、生花の師匠だという女がやって来た。

話によると、彼女は、私が南禅寺で目撃した女性にまちがいなかった。彼女は士官の子を宿し、士官は戦死したという。あれは別れの儀式だったのだ。

しばらくして、その女と柏木は痴話喧嘩《ちわげんか》をはじめ、女は両手で顔を覆《おお》うて、部屋を駈《か》けて出た。柏木は、異様に子供っぽい微笑をうかべて、私に言った。

「さあ、追っかけて行くんだ。慰めてやるんだ。さあ、早く」

私は彼女に追いつき、一人暮らしの家に案内された。南禅寺での一件を話すと、彼女は、目に涙をうかべて、言った。

「そうやったの。何ていう奇縁どっしゃろ。もうお乳も出えへんけど、あんたに、あの通りにして見せたげる。あのときから、うちを好いててくれはったんやもん。あんたをあの人と思うたら、恥かしいことあらへん」

女は帯を解き、左の乳房を掻《か》き出して、私の前に示した。私はそれを見ていた。しかし、証人となるに止まった。そこに金閣が出現したのである。というよりは、乳房が金閣に変貌《へんぼう》したのである。私は、女の冷たい蔑《さげす》みの眼差《まなざし》を背に、暇《いとま》を乞うた。

私はほとんど呪詛《じゅそ》に近い調子で、金閣にむかって荒々しく呼びかけた。

「二度と私の邪魔をしに来ないように、いつかは必ずお前をわがものにしてやるぞ」

その後も、そのような機会が柏木の手引きで幾度かあったが、いつも、女と私の間、人生と私の間に金閣があらわれ、私を挫折《ざせつ》させた。

＊＊＊

昭和二十四年の正月、映画館で映画を見てのかえるさ、久々に新京極《しんきょうごく》をひとりで歩いていると、雑沓《ざっとう》の中で、よく見知った顔に行き当たった。その人はソフトをかぶり、上等な外套《がいとう》とマフラーを身につけて、明らかに芸妓《げいぎ》とわかる女と連れ立って歩いていた。それは他ならぬ老師（寺の住職をこう呼んでいた）だった。

「馬鹿者《ばかもん》！　わしを追跡《つ》ける気か」と私を叱咤《しった》し、老師は女と車に乗り、走り去った。

明る日、私は老師が叱責のために私を呼び出してくれるのを待った。しかし、呼び出しはなく、老師の無言の放任による拷問《ごうもん》がはじまった。折も折、母から便りがあった。私が鹿苑寺の主になる日をたのしみに生きているという結語はいつも同じだった。

老師の無言は私を不安にし、折ある毎に老師の顔色を伺うのが、私の情ない習慣になった。思いあぐね、待ちあぐねた末、私はただ一つ老師の憎悪《ぞうお》の顔をはっきりつかみたいという、抜きがたい欲求の虜《とりこ》になった。私は老師が連れていた芸妓の写真を店で買い求め、それを毎朝届ける新聞の中に忍ばせた。

今度こそはと、老師の荒々しい怒りを、雷のような大喝《だいかつ》を待った。しかし何事もなく一日がすぎ、二日目、学校から帰って、何気なしに机の抽斗《ひきだし》をあけると、白い紙に包まれた例の写真があった。

その年の十一月の私の突然の出奔は、すべてこれらのことが累積《るいせき》した結果であった。

老師は私を部屋に呼び、学校の成績がわるく、欠席が多いことを叱《しか》り、こう言った。

「亡《な》くなったお父さんは、どないに悲しんでいられるやろ。お前をゆくゆくは後継にしようと心づもりしていたこともあったが、今ははっきりそういう気持がないことを言うて置く」

その翌日、私は始発の市電に乗って寺を後にし、舞鶴に向かった。何ものであろうと、到達したものに直面する勇気、ほとんど不道徳な勇気が私に生れていた。何かの意味が私の心に閃《ひらめ》き、私はそれに向かって、確実に一歩々々近づいてゆくという喜びに襲われた。私の前には、私のあらゆる不幸と暗い思想の源泉、私のあらゆる醜さと力の源泉たる、裏日本の海があった。一つの想念が、先程からひらめいていた意味を啓示し、あかあかと私の内部を照らし出していた。その想念とは、こうであった。

『金閣を焼かなければならぬ』

＊＊＊＊

出奔三日後、逗留《とうりゅう》していた宿の人が不審に思い、私は京都に連れ戻された。

冬が来た。決心はいよいよ堅固になった。寺の生活が楽になった。金閣がいずれ焼けると思うと、耐えがたい物事も耐えやすくなり、寺の者たちに対する私の愛想はよくなり、応対は明るく、何事につけ和解を心がけるようになった。どんな事柄も、終末の側から眺めれば、許しうるものになる。

唐突に生れた想念であったとはいえ、金閣を焼くという考えは、仕立卸しの服のようにぴったりと私の身についた。生れたときから、私はそれを志していたかのようだった。金閣が少年の目に世の常ならず美しく見えたというそのことに、やがて私が放火者になるもろもろの理由が備わっていた。

昭和二十五年三月、私は大学の予科を修了し、満二十一歳の誕生日を迎えた。大学の本科に進むことを許され、老師は授業料などを、私を呼んで手ずから渡した。

六月十八日の晩、私は金を懐《ふところ》に、寺を忍び出て、北新地の廓《くるわ》へ行った。『とにかくここで金を使い果せばいい』と私は考えつづけた。

「そうだな、一ト月以内に、新聞に僕のことが大きく出ると思う。そうしたら、思い出してくれ」と私が言うと、女は、乳房をゆすって笑い出した。

六月二十五日、朝鮮に動乱が勃発《ぼっぱつ》した。世界が確実に没落し破滅するという私の予感はまことになった。急がなければならぬ。

その日が来た。七月一日である。火災警報器は故障中だった。老師は、午後九時ごろ出先から帰り、風呂《ふろ》にはいって、休んだ。二日の午前一時すぎ、私は、いつも使っていた布団《ふとん》類と身の回りのものを、藁束《わらたば》とともに金閣のなかに運び入れ、国宝の足利義満の木像の前に積み上げた。その目が燐寸《マッチ》の火にきらめいたが、私は畏《おそ》れなかった。

火は藁の堆積《たいせき》の複雑な影をえがき出し、こまやかに四方へ伝わった。法水院の内部に大きなゆらめく影が起り、義満像は目をかがやかせていた。この火に包まれて究竟頂で死のうという考えが突然生じた。窄《せま》い階段を駈け上った。三階の扉をあけようとしたが、開かない。私は火をくぐりぬけ、韋駄天《いだてん》のように駈けた。気がつくと、左大文字山の頂きまで来ていた。まばらな火の粉が頭上に浮遊していた。はるか谷間《たにあい》の金閣のほうから爆竹のような音がしていた。私はポケットの煙草《たばこ》を取出した。一ト仕事を終えて一服している人がよくそう思うように、私は生きようと思った。

【編者からひとこと】
この小説の主人公は、「金閣のように不滅なものは消滅させることができるのだ。どうしてそこに人は気がつかぬのだろう。私の独創性は疑うべくもなかった」と得意げに言っている。不滅なものはいったん消滅すると、再現不可能だと彼は考えた。だからこそ、彼は金閣を焼いた。しかし、金閣はその五年後に再建された。再建された金閣を見て、彼はまた焼く気になるだろうか。

『春の雪』

大正元年十月。松枝侯爵《まつがえこうしゃく》の嫡子《ちゃくし》、清顕《きよあき》は、親友の本多繁邦《しげくに》と、広大な庭の池にボートを浮かべ、なめらかに拡《ひろ》がる波紋を眺めながら、自分の十八歳の秋の或《あ》る一日の、午後の或る時が、二度と繰り返されずに確実に辷《すべ》り去るのを感じた。うららかに日の射《さ》す、何事もない日曜日であったが、彼は、水を充《み》たした革袋のようなこの世界の底に小さな穴があいていて、そこから一滴一滴「時」のしたたり落ちてゆく音を聴くように思った。

池の対岸の紅葉山を連れ立って歩く紅葉見の一行の中に、清顕は綾倉聡子《あやくらさとこ》の姿を見つけた。維新の功臣を父とする松枝侯爵は、大貴族らしい優雅を与えようと、幼い清顕を和歌と蹴鞠《けまり》の家として知られる綾倉伯爵家に預け、清顕は二歳年上の聡子に可《か》愛《わい》がられて育った。聡子は清顕にとって唯一《ゆいいつ》の女友達だった。一行に加わった清顕は、紅葉山の滝に何か黒いものが引っかかっているのを発見した。黒い犬の死骸《しがい》だった。

「こうして私の目にとまるのも何かの縁でっしゃろ。回向《えこう》して進ぜまっさかいに」と言ったのは、聡子の大伯母で、奈良《なら》近郊の尼寺、月修寺の門跡《もんぜき》だった。

「何かお花を摘んでくるわ。清様《きよさま》も手つだって下さらない？」と聡子が言った。彼女は先立って山道をゆき、目ざとく咲残りの竜胆《りんどう》を見つけて摘んだ。平気で腰をかがめて摘むので、聡子の水いろの着物の裾《すそ》は、その細身の躰《からだ》に似合わぬ豊かな腰の稔《みの》りを示した。聡子は清顕の前に立ちふさがって、抑えた声で言った。

「私がもし急にいなくなってしまったとしたら、清様、どうなさる？」

「いなくなるって、どうして？」

「申上げられないわ、そのわけは」

　こうして聡子は清顕の心のコップの透明な水の中へ一滴の墨汁をしたたらす。清顕は鋭い目で聡子を見た。いつもこれだ。急に、いわれもなく、性《しょう》の知れない不安を呉《く》れる。これが彼をして聡子を憎ませるもとになる。彼の心の中には、抗しがたく一滴の墨がみるみるひろがり、そのわがままな心は、自分を蝕《むしば》む不安を自分で増殖させた。

*

　十日ほどのちに、たまたま父侯爵が早く帰宅して、めずらしく親子三人で夕食を摂《と》った。三人は、イギリスへ誂《あつら》えたおのおのの、美しい紋章入りの飾皿の前に腰を下ろした。スープがはじまると、母はのどかな口調で語り出した。

「ほんとうに聡子さんにも困ったものだわ。今朝お断わりのお使者を出したと御報告がありました。一時はすっかり、お心が決ったようにお見受けしたんだけれど」

「身分が釣合わないという考えかもしれないが、綾倉家がいかに名門でも、あれだけ傾いてしまっている今は、家柄など問わずに、ありがたく受けるべき話じゃないか」

きいている清顕の顔は晴れ晴れとなった。これで謎《なぞ》がすっかり解けたのである。あの言葉は縁談のことを斥《さ》していたのだった。彼の心の世界は再び澄み渡り、不安は失《う》せ、一杯の澄明《ちょうめい》なコップの水と等しくなった。しかし、その晩、清顕は眠られぬ夜をすごし、一途《いちず》に聡子への復讐《ふくしゅう》を考えた。

『あの人はつまらない罠《わな》に僕を引っかけて、十日間にわたって、あんなにも僕を苦しめた。復讐をしてやらなくてはならない。お父様のように、僕も女をごく卑《いや》しく見ていることを、あの人に思い知らせてやるのが一番だ』

彼は永い躊躇《ちゅうちょ》の末、聡子に宛《あ》てて、物狂おしい侮辱の手紙を書いた。

『……あなたのつまらない謎のために実に不快な心境にいた小生は、たまたま父の誘いに乗って、折花攀柳《せっかはんりゅう》の巷《ちまた》に遊び、男が誰しも通らなくてはならぬ道を通りました。ありていに言えば、父がすすめてくれた芸者と一夜を過したのです。……あなたが子供のときから知っていた、あの清純な、扱いやすい、玩具《おもちゃ》にしやすい「清様」は、もう永久に死んでしまったものとお考え下さい。……』

翌日、清顕は、留学のために来日したシャムの王子を歌舞伎《かぶき》に招待する折、聡子を同道することを思いつき、手紙は開封せずに火中するようにと電話で伝えた。聡子はそうすると約束した。

年が改まって間もなく、清顕は、年賀に来た綾倉家の老女、蓼科《たてしな》から、聡子あてに来た手紙は封を切らずに火中いたしましたと聞き、すべてが旧に復したというだけのことであるのに、新らしい眺めがそこに展《ひら》けたような気がした。

ある雪の朝、蓼科から電話がかかってきた。聡子が今朝の雪に興じて、清顕と一緒に雪見に行きたいから、学校を休んで迎えに来てくれないかというのである。清顕は渋谷の松枝侯爵邸から麻布《あざぶ》の綾倉家まで俥《くるま》で迎えに行った。

二人の膝《ひざ》をスコットランド製の膝掛が覆《おお》うていた。二人がこんなに身を倚《よ》せ合っていることは、幼年時代以来だった。清顕は膝掛の下に手を入れた。そこでは聡子の手が待っていた。聡子の手にかすかな力が加わり、その軽い力に誘われて、清顕は自然に唇を聡子の唇の上へ載せることができた。

清顕のもとに聡子からの恋文が届けられた。

「雪の朝のことを思うにつけ、晴れ渡ったあくる日も、私の胸のうちには、仕合せな雪が降りつづけてやみません。その雪の一片一片《ひとひらひとひら》が清様の面影《おもかげ》につらなり、私は清様を想《おも》うために、三百六十五日雪の降りつづける国に住みたいと願うほどでございます」

＊＊

清顕は春休みを無為にすごし、父母に旅行をすすめられても、聡子のいる東京をしばらくでも離れる気はしなかった。彼は冴《さ》え返りながらおもむろに来る春を、予感に充ちた怖ろしい気持で迎えた。

松枝侯爵家の三大行事の一つである花見も終わったある日、清顕は、聡子が実は、破棄するように頼んだ例の手紙を読んでいたことを知った。彼女は年賀の親族会で侯爵の口から、清顕が手紙に書いたことは嘘《うそ》だということを確かめたのだった。さればこそ、聡子は安心しきって、あのような大胆な雪見にも誘ったのだ。終始一貫嘘をつき、清顕を心ひそかに軽んじていたのだ。怒りのあまり清顕は、事件の発端がすべてあの嘘の手紙にあることを忘れてしまった。

蓼科から何度か電話があったが、清顕は電話口に出なかった。蓼科がたずねて来たが、会おうとしなかった。聡子から部厚い手紙が来たが、封を切らずに火鉢で火にくべた。いぶる煙を避けかねた清顕の目からは一滴の涙が滴《した》たった。

それから一週間ほどのち、清顕は久々に両親と一緒の夕食に加わった。

「実は聡子さんに又縁談があるの」と母は言った。「これがかなりむずかしい縁談で、もう少し先へ行くと、おいそれとお断わりすることはできなくなるの。もし異存があるなら、その気持どおりを、お父様の前で申上げたらいいと思うのですよ」

清顕は箸《はし》も休めず、何の表情もあらわさずに言下に言った。

「何も異存はありません。僕には何の関係もないことじゃありませんか」

「今なら引返せるのだ。お前の気持に引っかかりがあるなら、そう言ってごらん」と侯爵。

「何も引っかかりなんかありません」

侯爵は、何事にも無関心に見える息子の、冷たい何も語らない美貌《びぼう》を見ているだけで疲れた。

洞院宮《とういんのみや》第三王子治典王《はるのりおう》殿下は、御歳《おんとし》二十五歳で、近衛《このえ》騎兵大尉《たいい》に昇進されたばかりで、松枝侯爵が花見の宴にお招きして、さりげなく綾倉聡子をお引合せしたのである。

その年の五月、綾倉家に宮内《くない》大臣から、御結婚の儀について御内意伺《うかがい》済《ずみ》の通知があった。あとは勅許を待つばかりだった。

梅雨に入って、終日降りつづけていた。清顕の部屋に、執事が恭《うやうや》しく盆に載せて手紙を届けて来た。封筒の裏に蓼科の名が記され、かなり嵩《かさ》ばった二重封筒の中には、さらに封書が入っているのが手ざわりでわかった。一人になると、開封しそうになるのを惧《おそ》れて、清顕は執事の目の前で、厚い手紙を千々に引き破いてみせて、それを捨てるように命じた。

＊＊＊

梅雨の晴れ間の土曜日の午《ひる》さがり、清顕が学校からかえってくると、三枚重ねの紋付の礼服姿の母が出かけるところだった。

「今朝、いよいよ勅許が下りたのよ。お前も一緒にお祝いに行きますか」

「よろしくどうぞ。僕はまいりません」

清顕は玄関前で母の馬車を見送った。

絶対の不可能。聡子と自分との間の糸は、琴の糸が鋭い刃物で断たれたように、この勅許というきらめく刃で切られてしまった。これこそ清顕自身が、その屈折をきわめた感情によって自ら招き寄せた事態だった。彼は、この数日来そうしていたように、幼い聡子と互《かた》みに書いた手習いの百人一首をとりだして眺め、十四年前の聡子の焚《た》きしめた香の薫《かお》りがまだ残っていはしないかと考えて、その巻紙に鼻を寄せた。すると、その黴《かび》の匂《にお》いともつかぬ遠々しい香りから、彼の感情のふるさとが蘇《よみがえ》り、高い喇叭《らっぱ》の響きのようなものが、清顕の心に湧《わ》きのぼった。

『僕は聡子に恋している』

その頬は燃え、目は輝き、彼は新たな人間になった。すぐさま清顕は綾倉家に向かい、蓼科を呼び出し、聡子に会わせるように懇願した。断られた清顕は一計を案じた。

「もし僕が聡子さんのあの最後の手紙を宮家へお目にかければどうなると思う」

この言葉に、蓼科の顔からは、みるみる血の気が引いた。

三日後、聡子は清顕の目の前に坐《すわ》っていた。彼は聡子の裾《すそ》をひらき、友禅の長襦袢《ながじゅばん》の裾は、紗綾形《さやがた》と亀甲《きっこう》の雲の上をとびめぐる鳳凰《ほうおう》の、五色の尾の乱れを左右へはねのけて、幾重に包まれた聡子の腿《もも》を遠く窺《うかが》わせた。ようやく、白い曙《あけぼの》の一線のように見えそめた腿に、清顕の体が近づいたときに、聡子の手が、やさしく下りてきてそれを支えた。この恵みが仇《あだ》になって、彼は曙の一線にさえ、触れるか触れぬかに終ってしまった。聡子は、身を起こしかけた清顕を引止め、一言ものを言わずに心残りを乗り超えて行った。清顕は、はじめて聡子のいざないのままに動くことのよろこびを知り、その若さは一つの死からたちまちよみがえり、今度は聡子のなだらかな受容の橇《そり》に乗り、水と藻の抵抗を押して進む藻刈舟のように肉のたしかさが感じられた。

聡子が手を鳴らすと、源氏襖《げんじぶすま》がひらかれ、蓼科が顔を出した。

「お約束でございます。例の手紙をどうか」と蓼科は言った。清顕がそれを断ると、

「いいのよ。清様があの手紙を返して下さるまで、こうしてお目にかかる他にはありません。お前と私を救う道は他にはありません」と聡子が澄んだ声で言った。

二人は、罪を犯せば犯すほど、罪から遠ざかってゆくような心地がした。

＊＊＊＊

十月のはじめ、清顕は、納采《のうさい》の儀がいよいよ十二月に行われることを知った。聡子に逢《あ》うこともできなくなり、二人が心おきなく逢うことのできる場所はもはやこの世の外《そと》にしかないのではないかとさえ思われた。

聡子は清顕の子を宿していた。これを知った松枝侯爵は、大伯母にお別れの挨拶《あいさつ》をするという口実で聡子を大阪へ行かせ、懇意の医者にしかるべく処置をしてもらう手筈《てはず》を整えた。すべて極秘裏に予定通り進み、綾倉母子は月修寺に泊まり、翌日、東京に帰る筈であった。翌朝、綾倉夫人は、寺の本堂に髪を剃落《そりお》とした娘の姿を発見した。

聡子と治典王殿下との婚約は破棄された。清顕は、宮家へのお輿入《こしい》れを避けるために、つまりは僕のために、こんな思い切った芝居を打ったのかもしれないと思った。

年があけ、二月に入って、卒業試験を目近《まぢか》に控えたある日、清顕は、家出を決心し、聡子のいる奈良に向かった。彼は日に二度も三度も月修寺を訪ねたが、いつも門前払いで、聡子に逢うことはできなかった。宿から寺までの小一里を歩くのが辛《つら》く、咳《せき》に苦しみ、胸に痛みを感じた。四日目、寒気がして、熱が出てきた。今日はよほど休もうと思ったけれども、俥を呼んで行くだけは行き、同じように拒まれて帰った。とうとう本多宛てに、すぐ来てほしいという電報を打った。

翌日、清顕は全身に縫い込まれたような熱と鈍痛を押して、雪の中、俥で月修寺に向かった。心にひたすら聡子の名を呼んだ。逢うことはかなわず、屈強な寺男に扶《たす》けられて、雪の中を俥まで帰った。

卒業試験を三日後に控えていた本多がかけつけ、月修寺の門跡に、清顕を一目でもいいから聡子に逢わせてほしいと嘆願したが、叶《かな》わなかった。

「胸が痛い。刃物で刺されるような痛みなんだ」と、帰りの寝台車で清顕は本多に言った。

——帰京して二日のちに、松枝清顕は二十歳で死んだ。

【編者からひとこと】

なぜ「春の雪」というタイトルなのか。この小説のなかで降っているのは、東京と奈良の二月の雪、物語のはじまる四十年前に採用された太陽暦では、「冬の雪」である。二人はついに見ることのなかった春の雪を待ち望んでいたのであろうか。あるいは、愛する者には、冷たい冬の雪もあたたかい春の雪になるということなのだろうか。春の雪はとけやすいもののたとえでもある。人の心と命とのたとえなのだろうか。

風景で読む三島①　上野動物園（東京）

色彩写真の獅子《しし》の寝姿を印刷した切符を買い、人のまばらな動物園の門をくぐった。稔《みのる》は道順の矢印に頓《とん》着《ちゃく》せず、足の赴《おもむ》くままに左方へ歩いた。暑熱の中に漂う獣の匂《にお》いは、自分の寝藁《ねわら》の匂いのように親しみぶかい。

「禁色《きんじき》」昭和二十八年

【解説】一生を女性に裏切られてきた老作家が、同性愛者の美青年を利用して女たちに復讐を試みる異色長編。高校生の渡辺《わたなべ》稔は、上野動物園でその美青年、南悠一と知り合い関係を持つ。

狂おしい精神

小池真理子

こいけまりこ　一九五二年東京都生れ。『恋』で直木賞を、『欲望』で島清恋愛文学賞を受賞。『瑠璃の海』など著書多数。

三島由紀夫という作家について、私はこれまでも、思うがままに幾つかの稚拙な文章を書きちらしてきた。その作品、その生きざま、その世界観、その死生観、その天才性……どの切り口から書くにしても、三島について書きたいことはいつだって山のようにある。それらは未整理状態のままでありながら、今もなお、私の中で発酵し続けていて、とめどがない。

とはいえ、この作家を語るには、どれほど言葉を尽くしても尽くし足りないのだ。そのため結局は、自分の中に過剰にあふれてくるものを整理しきれぬまま、煩悶《はんもん》することになってしまう。

そもそも、私などが何か語るまでもないのである。三島の死後、文学に携わる多くの優れた研究家たちが、ありとあらゆる角度から三島を分析し、論評し、検証し続けてきた。三島を云々《うんぬん》することは、戦後日本の教養人にとっては、天候の話を交わし合うのと同じほど、ありふれたことであるとも言える。

そうわかっていて、それでも私は、三島由紀夫という作家について、懲《こ》りもせずに何か書きたいと思う。考えたいと思う。感じ続けていきたいと強く願う。

……この衝動は何なのだろう。


一九七〇年十一月二十五日。

当時、私が暮らしていた仙台市には、穏やかな晩秋の晴れ間が拡《ひろ》がっていた。晴れてはいたが、その季節、仙台の気温は低く、高校の授業をサボって自宅で寛《くつろ》いでいた私は、茶の間の炬燵《こたつ》から離れられずにいた。

午後三時頃だったか。庭の陽射《ひざ》しがだいぶ傾きかけた時分、ふと思いたってつけたテレビで、三島由紀夫が市ヶ谷の自衛隊駐屯地で割腹自殺した、ということを知った。

画面には、死の直前、総監室前のバルコニーで演説している三島本人の映像が映し出されていた。

文芸評論家の奥野健男《たけお》氏は、三島自決の報に接した時のことを「気を失うような衝撃を受けた」と『三島由紀夫伝説』の中に書いている。三島とはむろんのこと一面識もない、地方の女子校に通う十八歳の小娘だった私が、そこまでの衝撃を感じるはずもない。

それでも束《つか》の間《ま》、私は心底、呆然《ぼうぜん》とした。頭が混乱し、何も考えられなくなった。大好きな作家だった。私は彼の作品を偏愛していた。何よりもその際立《きわだ》って明晰《めいせき》な、冷たい優雅にあふれている美しい文章が好きだった。

その時、炬燵の上の果物籠《かご》には、蜜柑《みかん》が盛られていた。窓越しの光が、そこにまっすぐに射しこんでいるのが見えた。光が作るだんだら模様の影が、盛られた蜜柑の上をなぞるようにして落ちていた。

妙な話ではあるが、晩秋の陽射しと蜜柑を彩《いろど》っただんだら模様の影とが、今も私に、三島があの世に還《かえ》った日のことを鮮やかに思い出させる。

驚くべきことに、あれから三十四年もの歳月が流れた。

三島は自決した時、四十五歳だったが、私は早くもその年齢を軽々と超えてしまった。四十五、という数字は長い間、私の中で意味を持っていたように思う。長く生き永らえたとしても、そのくらいで充分なのだ、といったような青臭い意味だったのだが、自身が小説家になってみると、四十五歳という年齢は、まだまだ充分に若い。作家としても、人間としても、私の場合は、女という性をもつ生き物としても。

なのに、三島由紀夫はその若さで、自身の命を断ち、衰弱に向かう肉体と文学的パッションに幕をおろした。幕引きは恐ろしいほど手際がよく、鮮やかだった。

彼は政治のため、自衛隊のため、国家のため、思想のために自決したのではない。さらに言えば、文学などという、あやふやなもののために身を挺したわけでもない。

彼はただ、自身が作ったシナリオ通りに生き、シナリオ通りの死を死んだのだ。私は頑固にそう考え続けている。

シナリオ……三島由紀夫は小説の他に何作もの戯曲を書いた人だが、彼は自身の人生をも早くから戯曲化して捉《とら》えていたような気もする。過剰な自意識と歪《ゆが》んだ自己顕示欲とが、生まれながらにして彼を支配していたのだ。彼の人生は彼が作った舞台であり、彼自身は、自分が作ったシナリオに忠実に生きるしかない役者だった。大道具小道具、ライティングの一つ一つに至るまで、彼は自分の人生を自ら演出し続け、幕切れのその一瞬まで周到な準備を整えてから、満足して旅立った。

三島の美学とは即《すなわ》ち、そういうことを言うのだろう。


三島の天才性は、その〝明晰さ〟にこそあったが、彼が残した作品にはどれも、ものごとすべてを秩序立てて、すみからすみまで整理し尽くさねば気がすまない人間の、不健康なまでもの執念が感じられる。小説における彼の描写力は、完璧《かんぺき》であり過ぎるあまり、何やら病的な印象を与えるほどだ。的確な言葉、的確な比喩《ひゆ》、的確な表現で彼はあらゆる心理や事象や風景を描写する。もとより混沌《こんとん》としていたはずの世界は、彼の手によって、一糸乱れぬ秩序の中に押し込まれ、無数の整理小箱の中に整然とまとめられていくのである。

生まれた時から、現実感が希薄な人だったのだろう。そうでなければ、これほどまで明晰であり続けること、同時に肉体的な痛みですら、外部のものにしてしまうことは到底不可能だ。

二・二六事件における若き中尉《ちゅうい》の割腹自殺と、その美貌《びぼう》の妻の殉死を描いた名作

『憂国』で（かつて三島本人は、もし自分の小説の中で一編だけ、三島のエキスが凝縮したようなものを読みたいのなら、この作品を読んでもらいたい、と書いている）、中尉が腹を切るシーンが延々と描写される。ここで三島は、内臓の痛みをあたかも実際に体験したことのように、半ば陶酔しながら描いている。

肉体の、内臓の、死に向かう烈《はげ》しい痛みをここまでリアルに、克明に書いた作家が他にいただろうか。彼は自らの手による痛みが、ゆるやかに死につながっていく実感をこそ「至福」と考える人間だった。肉体的苦痛と死こそが、皮肉にも彼に生きていることの実感を与えたのだろう。彼は早いうちから至福の死を求め、そのためのシナリオを書き、舞台を用意し、その通りに演じてから、生きている実感を最後の瞬間に痛みとして自覚し、幸福感にわななきながら死んでいった。

多分、そういう作家だった。

三島の死後、たて続けに膨大な数の三島由紀夫論が出版された。私もそのうちのいくつかには目を通している。

三島の作品で読んでいなかったものを取りそろえ、読みふけったりもした。古書店で、未読の三島作品を探しまわるのも楽しかった。彼の創作ノートがかなりの高値で売られているのを知った時も、迷わず購入した。途中、他の作家に傾倒して三島を読まなくなった時期もあったものの、それでも私が文学的に立ち帰って行くのは、今も昔も常に三島である。自分は三島フリークだ、とつくづく思う。

三島由紀夫の何がいったい、こんなに私を引きつけるのだろう、と考えてみる。作家としての人となりなのか、作品そのものなのか、さらに狭義《きょうぎ》の意味で言えば、彼が紡《つむ》ぎ出す美しい文章そのものに酔っているだけなのか……。

それらすべてが私を引きつけるのだが、敢《あ》えて言えば、ひとえに私が好きなのは、彼のもっていた狂おしい精神そのものなのではないか、と思っている。

過剰に狂おしいがゆえに、明晰にならざるを得ない。狂おしいからこそ、終末を予感し、破滅衝動にかられざるを得ない。狂おしいからこそ、いたずらに行動的にならざるを得ない。

幾つもの「狂おしさ」が、長い間、この作家を苛《さいな》み続けたのだが、作家は敢然と自らの「狂おしさ」に立ち向かって、能動的にニヒリズムの極致を生き抜いた。三島にとって、生きる、ということは行動することであり、脆弱《ぜいじゃく》さを恥とすることであり、同時にファナティックな精神主義を貫くことでもあった。

あまりに美しすぎる寺に火を放った男の、冷たいナイフの切っ先のような内面を描いた作品『金閣寺』、心理小説として見事に精緻《せいち》な出来ばえの『獣の戯《たわむ》れ』、女主人公の中のどこかに、隠された男色の精神性が覗《のぞ》き見える『愛の渇き』、壮大な恋愛悲劇として描かれた『春の雪』をはじめとする『豊饒《ほうじょう》の海』全四巻……例をあげればきりがないほど、三島作品のどれもに私は彼の内部で焔《ほのお》をあげている、収拾のつかない狂おしさを感じ取る。

三島は終生、山ではなく海、冬ではなく夏、月ではなく太陽を愛した作家だったが、彼は決して、それらのイメージに凡庸《ぼんよう》な健全さや活力だけを求めていたわけではなかった。三島が描写する太陽や夏や海には、どこかしら頽廃《たいはい》と虚無の匂《にお》いがある。腐敗していくものに向けた、美しい感傷のようなものがある。

同時に、彼は悲劇を愛し、悲劇を描き、自らも悲劇を演じて、恍惚《こうこつ》の中に生きた。三島が描く世界はおしなべて悲劇のドラマツルギーに彩られていて、そこには普遍的なカタルシスではない、あふれんばかりの狂おしさを緻密に分析統合、整理した上での、人工的な明晰さだけが残されるのである。

私が好きなのはまさにそこであり、私はもしかすると、一読者として、三島由紀夫という人が残した作品群を自分自身のささやかな精神史の中でこそ、捉えようとしてきたのだな、と今更ながらに考える。天才作家、三島の精神構造を自身のそれに重ね合わせるなど、笑止千万であるが、実際のところ、これまで私は、いかに三島の明晰さ（狂おしさゆえの）に救われてきたか、わからない。

三島の精神を彩ってきた狂おしさは、人として生きる上での真摯《しんし》さにも通じる。自身の内に狂おしさを内包していない表現者は、作家であれ、音楽家であれ、画家であれ、人の心を摑《つか》むことはできない。

にもかかわらず、私たちが生きる現代社会は、そうした無垢《むく》な狂おしさを滑稽《こっけい》なものとみなそうとする。無用なものだとして、あからさまに嘲笑《ちょうしょう》しようとする。精神の狂おしさを失うことは、精神そのものを失うことにもなりかねないのに、多くの人がそれを隠蔽《いんぺい》しようと試みて、狂おしさとは無縁のところで生きているふりをし続ける。

三島由紀夫は、私たちが忘れかけている精神の狂おしさを衝撃的な生き方で提示し、且《か》つ、自身の作品に十全に残した。今こそ三島は読まれるべきだ、と私は思う。

風景で読む三島② 三保《みほ》の松原（静岡）

――慶子はすべてをたのしんだ。

それが彼女の王権であった。

このむしむしする梅雨空の下で、この砂まじりの風のようにいたるところに漂っている俗悪さの中で、彼女は晴れ晴れと見物して、本多をいつのまにかお供に従えていた。

「天人五衰《てんにんごすい》」昭和四十五年

【解説】輪廻転生《りんねてんしょう》の本質を劇的に描いたライフワーク「豊饒《ほうじょう》の海」完結編にして遺作。一巻「春の雪」から登場する本多《ほんだ》繁邦《しげくに》が古い友人久松慶子を伴い、書名の由来ともなった羽衣伝説の舞台を訪ねる。

風景で読む三島③　建長寺（鎌倉）

夏の日光が斜めになって、昭堂のあたりは日が山に遮《さえぎ》られてすでに翳《かげ》っている。山門はあたかも、影と日向《ひな》とを堺《さかい》にして聳《そび》えている。木立の多い境内全体に、俄《にわ》かに影の増してくる時刻である。

「海と夕焼」昭和三十年

【解説】日本で寺男となったフランス人のアンリが語る、数奇な運命と信仰とを描いた短編。三島自身「愛着のある作品」と書いている。日没前の海を見るために、聾唖《ろうあ》者の少年を連れて近くの山に登る。

齋藤　孝

【さいとう・たかし】

１９６０年静岡県生れ。東京大学法学部卒。同大学院教育学研究科博士課程を経て、明治大学文学部教授。専門は教育学、身体論、コミュニケーション技法。

声に出して読みたい三島由紀夫

偏愛の人――三島由紀夫

いやあ、三島由紀夫は頭が良すぎますね。頭の中を言葉が渦巻いて止まらない。言葉の中でも、特に三島の特長となっているのは、観念的な言葉の乱舞だ。

現代国語の問題に出したくなるような、ちょっと難しい言葉がたくさん出てくる。鳩《はと》にえさをやると次々に鳩が集まってくる。そんな感じで、言葉を一つまくと、後から後から言葉が付いてくる。鳩がえさを奪い合ってせわしなくつつき合っているように、言葉が群れてつつき合っている。

その言葉の群れのえさになっているのは、しびれるような「美」へのあこがれと、自分の存在の孤独感・不安感だ。のんきな人、頭がボーっとしている人ならば、生涯感じることはないような不安感を三島は抱えて生きていた。何しろ滅多に出てこないほどの早熟の天才だ。自分だけが意識がはっきりしていて、他の人よりもずんずん先に一人で行ってしまっている。一人でずんずん行ったために、道なき道に入り込んでしまう。

三島由紀夫が割腹自殺をしたのは、一九七〇年十一月二十五日のことだった。私は十歳だったが、三島が自衛隊に向かって訴えかけている姿が切なく感じられた。というのも、その姿はいかにも凛々《りり》しかったが、自衛隊員たちが三島に共感を示さなかったからだ。盛り上がることなく、ここでも三島は孤独感を抱えることになった。しかしそれもすべて覚悟の上、計算の上だったかもしれない。三島はとにかく、頭が良すぎて先が見えてしまう男だった。先が見えてしまうというよりは、自分で自分の人生を完全にデザインしてしまうという感じかもしれない。

死の十年前に書かれた『憂国』、妻の前で割腹自殺をする軍人が描かれている。

> 自分は今戦場の姿を妻に見せるのだ。
> これはつかのまのふしぎな幻想に中尉《ちゅうい》を運んだ。戦場の孤独な死

と目の前の美しい妻と、この二つの次元に足をかけて、ありえようのない二つの共在《きょうざい》を具現《ぐげん》して、今自分が死のうとしているということの感覚には、言いしれぬ甘美《かんび》なものがあった。これこそは至福《しふく》というものではあるまいかと思われる。

この「言いしれぬ甘美なもの」へのあこがれが三島を生涯惹《ひ》きつけた。三島の中にはあこがれの川が流れている。それは祖先や国ともつながっている。十六歳の時の作品『花ざかりの森』には、自分のあこがれが川のように流れているものだと書かれている。

珍らしいことにわたしは武家と公家《くげ》の祖先をもっている。そのどちらのふるさとへ赴《ゆ》くときも、わたしたちの列車にそうて、美くしい河《かわ》がみえかくれする、わたしたちの旅をこの上もなく雅《みや》びに、守りつづけてくれるように。ああ、あの川。わたしにはそれが解《わか》る。祖先たちからわたしにつづいたこのひとつの黙契《もくけい》。その憧《あこが》れはあるところでひそみ或《あ》るところで隠れている、だが死んでいるのではない、古い籬《まがき》の薔薇《ばら》が、きょう尚《なお》生きているように。祖母と母においていて、川は地下をながれた。父において、それはせせらぎになった。わたしにおいて、――ああそれが滔々《とうとう》とした大川にならないでなになろう、綾織《あやお》るもののように、神の祝唄《ほぎうた》のように。

十六歳とは思えない早熟な才能がきらめいている作品だ。
三島の作品には予言的なものが多い。少年犯罪もその一つだ。『午後の曳航《えいこう》』には十三歳の少年たちのグループが出てくる。グループの中で三号と名付けられた少年は、船乗りの塚崎竜二にあこがれていた。しかし自分の母と竜二が一緒に暮らすようになり、竜二がマイホームパパのようになると、少年は竜二に失望する。グループの首領は、こう言う。

「僕たち六人は天才だ。そして世界はみんなも知ってるとおり空っぽだ。……………僕たちの義務はわかっているね。ころがり落ちた歯車は、又もとのところへ、無理矢理《むりやり》はめ込まなくちゃいけない。そうしなくちゃ世界の秩序が保てない。僕たちは世界が空っぽだということを知ってるんだから、大切なのは、その空っぽの秩序を何とか保って行くことにしかない。僕たちはそのための見張り《みは》人だし、そのための執行人《しっこうにん》なんだからね」

実に勝手な論理なのだが、当の少年たちは陶酔してしまっている。首領は続けてこう言う。「仕方がない。処刑しよう。それが結局やつの身の為《ため》でもあるんだ」。例の酒鬼薔薇《さかきばら》事件を思い起こさせる内容だ。同級生の女の子をカッターで斬《き》り殺した佐世保の小学六年女子生徒の事件も重なってくる。小説の『バトル・ロワイアル』に影響を受けそれに似た小説を書き、その世界の論理にはまりこんでしまう。観念が渦巻いて止めどなく増殖していく。三島が持っていたこの本性を、時代全体が追いかけていった。頭の中にヴァーチャルな世界が、止めどなく展開していくこととなった。

私は、三島の作品の中では告白文体のものが特に好きだ。その代表は、『仮面の告白』と『金閣寺』だ。どちらも傑作だ。『仮面の告白』の冒頭にはドストエフスキーの『カラマーゾフの兄弟』の一節が引用されている。

「美――美という奴《やつ》は恐ろしい怕《おっ》かないもんだよ！　つまり、杓子定規《しゃくしじょうぎ》に決めることが出来ないから、それで恐ろしいのだ。なぜって、神様は人間に謎《なぞ》ばかりかけていらっしゃるもんなあ。美の中では両方の岸が一つに出合って、すべての矛盾が一緒に住んでいるのだ」

三島の主題は実に一貫している。この作品の中にこんな有名な一節がある。生まれたときの記憶があるという話だ。

産湯《うぶゆ》を使わされた盥《たらい》のふちのところである。下《お》ろしたての爽《さわ》やかな木《き》肌《はだ》の盥《たらい》で、内がわから見ていると、ふちのところにほんのりと光りがさしていた。そこのところだけ木《き》肌《はだ》がまばゆく、黄金《きん》でできているようにみえた。ゆらゆらとそこまで水の舌先が舐《な》めるかとみえて届かなかった。しかしそのふちの下のところの水は、反射のためか、それともそこへも光りがさし入っていたのか、なごやかに照り映《は》えて、小さな光る波同士がたえず鉢合《はちあわ》せをしているようにみえた。

意識が人よりも早く目覚め、記憶が強烈に心に張り付いてしまう。人生がその記憶の反復や再現になってしまうほど、凝縮された濃密な記憶だ。

例えばこんな記憶がある。糞尿汲《ふんにょうく》み取《と》り人の若者の紺の股引《ももひき》。彼のしなやかな下半身に惹きつけられ、汚穢《おわい》屋になりたいというあこがれが浮かんだ。あるいはジャンヌ・ダルクの絵本。

ジャンヌ・ダルクが身に着《つ》けた白銀の鎧《よろい》には、何か美しい紋章があった。彼は美しい顔を顔当《かおあて》から覗《のぞ》かせ、凛々《りり》しく抜身《ぬきみ》を青空にふりかざして、「死」へか、ともかく何かしら不吉《ふきつ》な力をもった翔《と》びゆく対象へ立ち向っていた。私は彼が次の瞬間に殺されるだろうと信じた。

あるいは兵士たちの汗の記憶。

兵士たちの汗の匂《にお》い、あの潮風のような・黄金《きん》に炒《い》られた海岸の空気のような匂《にお》い、あの匂《にお》いが私の鼻孔《びこう》を搏《う》ち、私を酔わせた。私の最初の匂《にお》いの記憶はこれかもしれない。その匂《にお》いは、もちろん直ちに性的な快感に結びつくことはなしに、兵士らの運命・彼らの職業の悲劇性・彼らの死・彼らの見るべき遠い国々、そういうものへの官能的な欲求をそれが私のうちに徐々に、そして根強く目ざめさせた。…………

……私が人生ではじめて出逢《であ》ったのは、これら異形《いぎょう》の幻影だった。それは実に巧《たく》まれた完全さを以《もっ》て最初から私の前に立ったのだ。何一つ欠けているもののもなしに。

三島の記憶は、「偏愛」に彩《いろど》られている。他の人とは少しずれている。その偏《かたよ》り具合が、彼の運命を決定づける。何かを特別に気に入る、という程度のことなら誰にでもある。しかし三島の場合は、「偏愛」の構造がまずあるのだ。どうしても偏って愛してしまう。そうした性癖に向かって、時折雷のように何かが心に突き刺さってくる。私は「偏愛マップ・コミュニケーション」というメソッドを本にしたほど、「偏愛」という言葉にこだわっている。だからこんな文章が目にすぐ飛び込んでくる。ジャンヌ・ダルクの絵本のところの文章だ。

> そのころ数ある絵本のなかのただ一冊、しかも見ひらきになっているただ一枚の絵が、しつこく私の偏愛《へんあい》に愬《うった》えていた。

三島は偏愛の記憶を宿命として受け止め、未来の行動でその偏愛を踏み固めようとした。三島は偏愛を反復する人であった。幼児期に意識が目覚めていたことが、この偏愛の反復欲につながっている。

> 私の生涯の不安の総計《そうけい》のいわば献立表《メニュー》を、私はまだそれが読めないうちから与えられていた。私はただナプキンをかけて食卓に向っていればよかった。今こうした奇矯《ききよう》な書物を書いていることすらが、献立表《メニュー》にはちゃんと載《の》せられており、最初から私はそれを見ていた筈《はず》であった。

自分の生涯がデジャヴュ（既視感）に満たされている。こんな人生は幸福とは必ずしも言えないかもしれない。しかし三島の場合は、この献立表は実に豪華絢爛《けんらん》だ。もっともこの「告白」もすべてが偽《にせ》の告白であるかもしれない。このあたりの「ややこしさ」も含めて三島らしさだ。

偏愛をややこしく告白するスタイル。これが一番はっきり出てくる名作が『金閣寺』だ。これはすごい小説だ。初めて読んだとき、私はすっかり圧倒されてしまった。三島由紀夫の想像力は凄《すさ》まじい。一九五〇年、金閣寺が寺の青年僧によって放火され、焼失した事件を、ここまで文学に仕上げてしまう想像力に溜息《ためいき》をついた。告白しているのは、吃音《きつおん》のハンディを背負った青年だ。彼は金閣寺を幼い頃から偏愛していた。父の遺言に従って、彼は金閣寺の徒弟になった。そして金閣に向かってこうつぶやく。

『金閣《きんかく》よ。やっとあなたのそばへ来て住むようになったよ』と、私は箒《ほうき》の手を休めて、心に呟《つぶや》くことがあった。『今すぐでなくてもいいから、いつかは私に親しみを示し、私にあなたの秘密を打明けてくれ。あなたの美しさは、もう少しのところではっきり見えそうでいて、まだ見えぬ。私の心象《しんしょう》の金閣《きんかく》よりも、本物のほうがはっきり美しく見えるようにしてくれ。又もし、あなたが地上で比べるものがないほど美しいなら、何故《なぜ》それほど美しいのか、何故美しくあらねばならないのかを語ってくれ』

かなり危ない偏愛の仕方だ。空襲が始まり、金閣も焼夷弾《しょういだん》に焼かれる危険があると少年は感じた。何とかして金閣をこの危機から救いたい、と考えるのが普通だ。しかし、主人公の「私」は思い切りねじれているので、そんなことは考えない。むしろ、圧倒的な美として存在する金閣が焼けてしまうかもしれないということで、自分と金閣が親しくなったと感じるのだ。

この世に私と金閣《きんかく》との共通の危難《きなん》のあることが私をはげました。美と私とを結ぶ媒立《なかだち》が見つかったのだ。私を拒絶し、私を疎外《そがい》しているように思われたものとの間に、橋が懸《か》けられたと私は感じた。私を焼き亡《ほろ》ぼす火は金閣《きんかく》をも焼き亡《ほろ》ぼすだろうという考えは、私をほとんど酔わせたのである。同じ禍《わざわ》い、同じ不吉な火の運命の下《もと》で、金閣《きんかく》と私の住む世界は同一の次元に属することになった。私の脆《もろ》い醜《みにく》い肉体と同じく、金閣《きんかく》は硬いながら、燃えやすい炭素の肉体を持っていた。そう思うと、時あって、逃走する賊《ぞく》が高貴な宝石を嚥《の》み込んで隠匿《いんとく》するように、私の肉のなか、私の組織のなかに、金《きん》閣《かく》を隠し持って逃げのびることもできるような気がした。

しかし、金閣は戦争では焼けなかった。「私」はがっかりする。自分と金閣とが同じ世界に住んでいるという夢想が崩れたのだ。美と自分は別々の世界にまたしても分けられてしまった。自分はあまりにも醜い。だからこそ最高の美である金閣を偏愛する。しかしそこには超えられない大きな溝がある。金閣は「私」の中に住み込み、決定的場面で影響を与えてくるようになる。

童貞の「私」がある娘と二人きりになる。ためらいながら、ついに「私」は手を女の裾《すそ》の方へ滑らせた。


そのとき金閣《きんかく》が現われたのである。

威厳《いげん》にみちた、憂鬱《ゆううつ》な繊細《せんさい》な建築。剝《は》げた金箔《きんぱく》をそこかしこに残した豪奢《ごうしゃ》の亡骸《なきがら》のような建築。近いと思えば遠く、親しくもあり隔たってもいる不可解《ふかかい》な距離に、いつも澄明《ちょうめい》に浮んでいるあの金閣《きんかく》が現われたのである。

それは私と、私の志す人生との間に立ちはだかり、はじめは微細《びさい》画《が》のように小さかったものが、みるみる大きくなり、あの巧緻《こうち》な模型のなかに殆《ほと》んど世界を包む巨大な金閣《きんかく》の照応《しょうおう》が見られたように、それは私をかこむ世界の隅々《すみずみ》までも埋め、この世界の寸法《すんぽう》をきっちりと充《み》たすものになった。巨大な音楽のように世界を充たし、その音楽だけでもって、世界の意味を充足するものになった。時にはあれほど私を疎《そ》外《がい》し、私の外に屹立《きつりつ》しているように思われた金閣《きんかく》が、今完全に私を包み、その構造の内部に私の位置を許していた。
下宿《げしゆく》の娘は遠く小さく、塵《ちり》のように飛び去った。娘が金閣《きんかく》から拒《こば》まれた以上、私の人生も拒《こば》まれていた。隈《くま》なく美に包まれながら、人生へ手を延《の》ばすことがどうしてできよう。

また別の女が、「私」に乳房を見せる。しかし、突然その乳房が金閣に変貌《へんぼう》したように感じる。

女と私との間、人生と私との間に金閣《きんかく》が立ちあらわれる。すると私の摑《つか》もうとして手をふれるものは忽《たちま》ち灰になり、展望は沙漠《さばく》と化してしまうのであった。

言葉が吃音のためにうまく出てこない。その分余計に観念が頭の中で渦を巻く。ある時ふと一つの「想念」が浮かんできた。

突然私にうかんで来た想念《そうねん》は、柏木《かしわぎ》が言うように、残虐《ざんぎゃく》な想念《そうねん》だったと云《い》おうか？　とまれこの想念《そうねん》は、突如《とつじょ》として私の裡《うち》に生れ、先程からひらめいていた意味を啓示し、あかあかと私の内部を照らし出した。まだ私はそれを深く考えてもみず、光りに搏《う》たれたように、その想念《そうねん》に搏《う》たれているにすぎなかった。しかし今までついぞ思いもしなかったこの考えは、生れると同時に、忽《たちま》ち力を増し、巨《おお》きさを増した。むしろ私がそれに包まれた。その想念《そうねん》とは、こうであった。

『金閣《きんかく》を焼かなければならぬ』

どうしようもなくねじれた勝手な想念なのだが、妙なかっこよさがある。一体何がどうねじくれたら、寺の青年僧が金閣に放火することになるのか。これはまさに現実だったわけだが、想像の範囲外だ。しかしこの『金閣寺』を読んでいると、一気にこの「私」の告白のペースに引きずり込まれてしまう。「私」の脳の中に住み込んだ錯覚に陥る。嫌悪感《けんおかん》はあっても、あまりにもパワーがあるので、引きずり込まれてしまうのだ。ついに金閣放火を決行する。夜が金閣寺に沈澱《ちんでん》していく。

私は口のなかで吃《ども》ってみた。一つの言葉はいつものように、まるで袋の中へ手をつっこんで探すとき、他のものに引っかかってなかなか出て来ない品物さながら、さんざん私をじらせて唇の上に現われた。私の内界の重さと濃密さは、あたかもこの今の夜のようで、言葉はその深い夜の井戸から重い釣瓶《つるべ》のように軋《きし》りながら昇って来る。『もうじきだ。もう少しの辛抱《しんぼう》だ』と私は思った。『私の内界《ないかい》と外界との間のこの錆《さ》びついた鍵《かぎ》がみごとにあくのだ。内界《ないかい》と外界は吹き抜けになり、風はそこを自在に吹きかようようになるのだ。釣瓶《つるべ》はかるがると羽搏《はばた》かんばかりにあがり、すべてが広大な野の姿で私の前にひらけ、密室は滅《ほろ》びるのだ。……それはもう目の前にある。すれすれのところで、私の手はもう届こうとしている。……』

私は幸福に充《み》たされて、一時間も闇《やみ》の中に坐《すわ》っていた。生《うま》れてから、この時ほど幸福だったことはなかったような気がする。……突然私は闇《やみ》から立上《たちあが》った。

うーん、たまらないですね、この言葉の切れ味のよさは。言葉が井戸の底からゆっくりとくみ上げられる感触、夜の重み、身震いするほどの幸福感。美への偏愛と、その美からの拒絶。これが想念のパワーを加速させる。

金閣寺焼失、という取り返しの付かない大事件は、まさに三島由紀夫の生涯のテーマをぶつけるにふさわしい素材であった。室町《むろまち》時代からあらゆる災難を逃れて生き続けてきた金閣が、昭和の戦争を終えた平和の時代に焼かれてしまう。それも織田信長のような超大物が比叡山《ひえいざん》を焼くのとは訳が違う。ただの青年僧だ。そのアンバランスさを埋めるのは、青年僧の内面世界に渦巻く想念の奔流だ。

三島由紀夫で一冊を選べ、と言われれば、私は躊躇《ちゅうちょ》なくこの『金閣寺』を選ぶ。この作品が書かれたことで、金閣寺焼失が幸運な出来事にさえ思えてくる。何はともあれ、『金閣寺』で三島の偏愛ワールドに浸ってみてほしい。

（引用中の……は中略）

風景で読む三島④　東大寺二月堂（奈良）

これと同時に舞台の上の松明《たいまつ》は、炎の獅子《しし》のように狂奔して、ふりまわされ、おびただしい火の粉が、群衆の頭上に降った。ついで火は、廻廊の上を右端へ向って走り出し、広い庇《ひさし》の内側はあかあかと照らし出された。そして右端の勾欄《こうらん》で、やや火勢の衰えた松明がふりまわされるとき、鉾杉《ほこすぎ》の深い緑は、飛び交う火の粉に巻かれて、一際鮮《ひときわ》やかになった。

「宴《うたげ》のあと」昭和三十五年

【解説】政治と恋愛の葛藤《かっとう》を描いた長編。プライバシー裁判で数々の論議を呼んだが、その芸術的価値については海外で最初に認められた。都知事候補野口とそれを支える女将かづが二人で東大寺に御水取を見に行く。

今日、三島が死んだ。

花村萬月

はなむらまんげつ　一九五五年東京都生れ。『ゲルマニウムの夜』で芥川賞を受賞。『眠り猫』『百万遍　青の時代』など著書多数。

一九七〇年一一月二五日夕刻、退学になった私は担任に呼びだされて高校にむかった。号外だろうか、夕刊だろうか、判然としないのだが、中央線武蔵小金井駅周辺には新聞が散っていて悪目立ちしていた。よける人もいないではないが、ほとんどの者が平然と路上に散った新聞を踏みつけて歩いていた。

人々が三島由紀夫の割腹自殺を告げる新聞を平然と踏んで顧みぬことを、十五歳の私は奇異の目で眺めていた。人々と腹を切った三島の双方に、なにやら不浄なものを感じとっていたような気がするのだが、それは後年の思い込み、あるいは創作の類《たぐい》かもしれない。その夕刻、私は担任教師から旅行かなにかだろう、積み立てていた金を返してもらい、高校生活と完全に縁を切った。

十五歳の私は三島由紀夫の作品を一切読んだことがなかったし、自決したからといって書店に出向いて三島の書籍を探す気にもなれなかった。無知な子供であった私は、当時の小説家という権力が強大かつ絶大であったからこそ直観的にそれを避け、口喧《くちげん》嘩《か》の名人と揶揄《やゆ》し、軽蔑していたのである。ただ、銃器関係の本を万引きしたことのある武蔵小金井北口の古本屋の棚で三島を被写体にした細江英公《えいこう》〈薔薇刑《ばらけい》〉という写真集を盗み見たことがあり、そのときの禍禍《まがまが》しい印象と割腹が綺麗に結びついて、逆になんとなく三島の死を納得したのを覚えている。

この〈文豪ナビ〉なる本を手にとった読者諸兄も、小説自体よりも小説家のビジュアルから入り込むと、その作品群がより深く理解できるという希有《けう》な存在があることを、そしてそれを愉《たの》しんで欲《ほ》しい（現在においてもビジュアルが優先している小説家が散見できるが、もちろん小説の程度、レベルがちがうだけでなく、三島の強烈さに匹敵する存在などありえない情況である。つまり自意識にも一流と三流があるということだ）。

ともあれ写真集における三島の鍛えあげた肉体よりも、微妙にしゃくれて見える三島の顔貌《がんぼう》に深い印象を与えられた私は、当時盛んだったブルワーカーなる運動器具を押し引きして大胸筋を膨らませている同年代の少年たちを意味もなく軽蔑し、しかもまったく実体のない優越さえ抱いていた。

当時、小説家は社会現象というよりも、社会そのものであった。ゆえにテレビなんぞに登場してしたり顔で陳腐なコメントなどを発さなくとも、その存在自体が社会のある象徴として作用し、影響した。中卒で著作を読んでいない小僧の私であっても、三島由紀夫という名を知っていて、なにやら途轍《とてつ》もなく抽《ぬき》んでた人物なのだろうと思い込んでいた（思い込まされていた）というわけである。

小説家という存在の華々しさは、現在の小市民化した作家と称する連中の慎ましやかな小金持ち的風景とはまったく別種のベクトルを有していた。なかでも三島は日本の小説家のなかでも徹底して突き抜けたトリックスターだった。

十八歳くらいだったろうか、京大の文学青年から「君は三島派か太宰派か」と問われたことがある。私は十八歳にして、どちらも読んだことがないので肩をすくめてお終《しま》いにしたのだが、文学青年はそんな私の態度をなにやら勘違いしたあげく、しばらくのあいだ私を過剰に持ちあげていた（私が本物の馬鹿《ばか》であると気付くまで、ということです)。

太宰治と三島という単純な区分けは、各々《おのおの》の象徴的度合いがそれなりの純度をもって高いせいで、自分の馬鹿さ加減に気付いていないチープなインテリには程よい対比をもつ存在として作用するのだろう。

けれど比較自体が無理で無意味なのが太宰派三島派という区分けである。物語作家としての能力は太宰がはるかに抽んでている。三島の物語ときたら、いつだって破綻《はたん》を内包していて、危なっかしく、太宰の巧みさとは比較すること自体に無理がある。けれど三島はそんなことは意に介さない。なぜなら象徴主義者に起承転結の結など不要であるからだ。象徴天皇を持ちだすまでもなく、象徴の本質は曖昧模糊《あいまいもこ》の不明瞭、けれどなにやら心を摑《つか》みとられ、ねじふせられて、ときに突出した美意識に反感さえ抱きつつも逃げられぬという虚構的屹立《きつりつ》のみで成り立っているのだ。決して筋書きの面白さ、分かり易《やす》さで三島の著作を読むわけではない。だから私は面白いお話が読みたいという貴方《あなた》に囁《ささや》いてあげよう。糞喰《くそくら》え！

さて、私が初めて読んだ三島の作品は〈午後の曳航《えいこう》〉だったと思う。二十代前半だったはずだが、確信はない。当時であっても船乗りという存在自体が微妙に時代遅れになりつつあり、失笑気味に揶揄される対象であったのだが、悪擦れした私は欠伸《あくび》まじりに読み進めていったものだ。それでも投げださなかったのは、極めて多様なトリックの存在が大きい。しかも、それらはおおむね性的な意識を内包しているのだから、やめられない、とまらない。いま現在ならば、勃起《ぼっき》させてしまってはエロ小説は失敗なのだよ、と三島の囁きも聴こえるほどであるが、文学の香気を纏《まと》った大衆エロ小説として〈午後の曳航〉は、女の子たちとやることはやっているにもかかわらず微妙に慾求《よっきゅう》不満気味の当時の私に巧みに作用した。しかも――最後に立ちあらわれた象徴に脳天杭《くい》打ちである。小説を読んでいて、これほど鮮やかな絵が脳裏に泛《うか》ぶことはまずない。これぞ象徴の力であり、私はまさに〈午後の曳航〉に取りこまれて幸福な不能感を味わったのだった。

怠惰《たいだ》な私は、読者諸兄に偉そうにあれこれ言えるほどに三島の作品を読み込んではいない。読まなくなってしまった大きな原因は、〈午後の曳航〉で神を視《み》て、〈花ざかりの森〉で許し難い汚物を視たからである。〈花ざかりの森〉は三島が十六歳のときの作品らしいが、発表した以上年齢など無関係に批評されることと相成る。

私はこの作品を読んで、嫌悪《けんお》と苛立《いらだ》ちに、もう二度と三島を読むまいと決心した。

この作品を自身で秘匿《ひとく》しておくことができなかったことが、三島の限界をよく示している。

そういった意味で、独りの小説家の才と限界という双方が同居した〈花ざかりの森〉を読み解いていくことは、創造者の秘密に近づくことである。小説を書いてみようと考える者は、批評眼を喪《うしな》わずにこの作品と対峙《たいじ》してみるのも一興だろう。

逆に、まず一作を、と迫られれば、後の三島の死を暗示する〈憂国〉をあげなければならない。この作品にも三島の才と限界が仄見《ほのみ》えているが〈花ざかりの森〉のような青臭く薄汚い背伸びはない。はっきり言ってしまうが、私は個人的にこの作品（に限らないが）に立ちあらわれる比喩《ひゆ》に与《くみ》しない。時代が変わると、比喩というものはこれほどにまで陳腐化するものか、と憂鬱《ゆううつ》にさえなる。

だがその一方で『そこに今し一粒の雨滴が強く穿《うが》った新鮮な跡のようであった』という臍《へそ》の描写は、その前後の段落と合わせて女の裸体を描いたもののなかでも白眉《はくび》であると断言しよう。

三島は抑制するべきだった。才能を抑えこむべきだった。具体的には比喩の抑制、これに尽きる。それさえできていれば見事に塡《はま》った比喩のすばらしさがさらに引きたち、傑作〈憂国〉は、さらに超越的な高みに至ったはずだ。読者である私は無念のあまり、しばらく貧乏揺すりである。

けれど、あれこれ文句をつけながらも、文学の主題が生と死であることをこれほどにまで如実《にょじつ》に、しかも短く描ききった作品を私は知らない。生と死という主題は〈憂国〉のなかで、性交と暴力というわかりやすい容貌《かたち》に変換されている。性交と暴力と書くと、頭の足りない者が即座に嘘くさい嫌悪に顔を顰《しか》めるのが目にみえる。けれど、このふたつこそが人間の営みの根源に横たわる全《すべ》てであり、小説のテーマは生と死以外にありえない。あとは枝葉の問題である。三島はそれを自覚しきっていて、だからこそ〈憂国〉一篇を書きあげたのである。

〈憂国〉は、あるユートピア小説でもある。過日、私は黒澤明監督が戦時中に撮った〈一番美しく〉という映画を観《み》て、ユートピアはある極限状態にしか現出しないという思いを強くした。私たちの生きる現代日本にはユートピアなど微塵《みじん》も存在せず、だから〈憂国〉の立ちあらわれる隙《すき》もない。私も含めて性と暴力を描く小説家のなんと多いことか。けれどその双方の切実さを描ききったことにおいて〈憂国〉に比肩《ひけん》すべき作品は、未《いま》だ出現していない。

まずは短篇〈憂国〉を読んでみるべきだ。性的昂奮《こうふん》でもいい。切腹という暴力描写に生唾《なまつば》を呑《の》んだのでもいい。根元的なイデオロギーの問題に胸が高鳴ったのでもいい。なんでもいいのだが、それら総《すべ》てが生と死という主題に収斂《しゅうれん》することを肌で感じとって欲《ほ》しい。ただし論理にだけは堕落しないように。

生と死——。これほど親切な整理のしかたもあるまい。そして〈憂国〉を気に入ったならば三島を読む資格、いや資質をもっているということであるから、臆《おく》せずに他の作品に進もう。

最後に、いつの頃からか文芸作品における視点云々《うんぬん》という問題を姦《かしま》しくがなりたてる実作者（小説家）や編集者が増えた。三島の作品は平然と視点が乱れて、けれど自信に充《み》ち満ちている。視点なんて作者の視点にきまっているだろう、という根元的な矜持《きょうじ》にあふれている。視点の乱れなどという瑣末《さまつ》な技術的問題に拘《こだわ》る間抜けの増殖は、小説を凋《しぼ》ませるのみである。

じつは〈憂国〉とは、感じることについてを描いた小説でもあるのだ。だから小説の価値を視点的な技術論にすりかえる小賢《こざか》しい無能者が読んで批評していい小説ではない、ということだ。

最後にひとつ頬笑ましいことを指摘しておこう。〈憂国〉において女の死に対して妙に淡泊かつ冷淡な三島の筆である。これは作劇的な意図というよりも、興味が失《う》せてしまったのだ。それがじつによくわかるのは、私も実作者の端くれであるからだ。

風景で読む三島⑤　山下公園（横浜）

喜びの涙が不安を取り除き、彼らを一息に万能の人間の心境へ押し上げていた。竜二の心は痺《しび》れたようになって、懐《なつか》しささえ素直に感じなかった。車窓の左右にある山下公園もマリン・タワーも、何度か心に反芻《はんすう》した姿そのままに、そこに自明に存在しているとしか思えなかった。

「午後の曳航《えいこう》」昭和三十八年

【解説】二十歳の船乗り竜二と三十三歳の未亡人房子の情事を、その息子である十三歳の登の視点で描く。舞台となった横浜の風俗や景色が数多く登場する。

風景で読む三島⑥　尾山《おやま》神社（金沢）

みごとな晴天で、町なかにいても澄み切った空気が肌にしみた。地球人のじめじめした官能を思わせるものは何一つなかった。晴れた冬空は、一枚の絶対の純潔の青い延べ板のようだった。

「美しい星」昭和三十七年

【解説】他の天体から飛来した宇宙人であるという意識に目覚めた一家を中心に、核時代の人類滅亡の不安を捉えた異色作。円盤を見るために金沢に訪ねてきた大杉暁子を、「金星人の竹宮」が案内する。

島内景二

【しまうち・けいじ】

1955年長崎県生れ。東京大学大学院修了。国文学者。『文豪の古典力』『歴史小説真剣勝負』など、新視点から日本文学の全貌に肉薄。電気通信大学教授。

評伝　三島由紀夫

神様になろうとした芸術家

【「芸術家」になるのも大変】

ボーヴォワールは、「人は女に生まれるのではない。女になるのだ」と言った。三島由紀夫の人生は、こうなる。「人は芸術家に生まれるのではない。芸術家になろうとする時、初めて芸術家への道が開けるのだ」。彼は、なりゆき任せの「なる」という言葉よりも、意志的な「する」という言葉が好きだった。

近代の文豪たちは、そろいもそろって波瀾万丈《はらんばんじょう》の人生を生きた。まさに、「事実は小説よりも奇なり」だ。彼らの人生には「起承転結」がある。本人が意識的に演出したわけではないのに、山あり谷あり、どんでん返しあり。まるで傑作ミステリーのようだ。文豪には個性的な人が多いから、そのストーリーはどれ一つとして同じものはない。

そういう彼らの中でも、三島の生き方はひときわ異色だ。彼は、高村光太郎とは違って、「僕の前に道はない。僕の後ろに道は出来る」とは考えなかった。自分の歩む「前途＝ストーリー」は、揺りかごから墓場まで、自分であらかじめ作るものだ、と信じた。

造形作家は素材を削ったり付け足したりして、芸術作品を作る。三島は、華麗なファッションを身に纏《まと》ったり、筋肉を増強したりして、「完璧《かんぺき》な芸術家」としての自分を完成させた。それは、命を賭《か》けた「肉体改造計画」であり、苦痛に満ちた「芸術家養成ギプス」だった。彼は、自分自身をヒーローとする「芸術家伝説」のストーリーのレールの上を、弾丸列車のように疾走した。

自信と自意識にあふれた「三島伝説」は、近代の芸術家が作った最高傑作の一つだろう。

【一九七〇年一一月二五日、日本中が揺らいだ】

死ぬまで、いつも未来を見つめていた三島由紀夫。彼の人生は、誕生からではなくて、終末から振り返って眺めるのが最も壮観である。四五歳の彼は、衝撃的な「一日」を演出し、カリスマ芸術家として燃え尽きた。三島由紀夫は、自分を慕う青年四人と共に、市ヶ谷の陸上自衛隊東部方面総監室を占拠した。そして、自衛隊の決起を促すことに失敗したと見て取るや、割腹《かっぷく》自殺した。

一九七〇年一一月二五日。この日は、「戦後日本」のザ・ロンゲスト・デイ、あるいは、ザ・ラースト・デイだった。不思議なことに、自分がこの日、何をしていたか、はっきりと覚えている人が多い。この日は、日本中の人にとって「特別な一日」となった。事件とも、事故とも受け取れる、ショッキングなハラキリ。しかも、忠臣蔵よろしく討ち入りして切腹したのは、ノーベル文学賞有力候補の世界的な小説家だった。

村上春樹《はるき》の『羊をめぐる冒険』は、この日にデートをしていた若者たちのエピソードから始まる。三島の自殺があまりにも非日常的だったので、人々は自分たちの生きている平凡な日常生活が「つまらないもの」に見えてしまう。不幸な死に方をした三島の方が「神」で、現代社会で幸福に暮らしている一般人の方が「支配される立場」だという、驚くべきパラドックス。これが、死ぬ瞬間にマジシャン三島が放った渾身《こんしん》の「呪縛《じゅばく》」なのだ。

この日から、すべての日本人は、今を生きる喜びを失い、「ほろ苦い生き方」をしなければならなくなった。三島由紀夫は、死んで日本人の意識構造を変えた。人の上に君臨する超人。世間の価値観を一瞬で崩壊させる雷神のような文化的テロリスト。

それが、すなわち「芸術家」である！

【秀才は、昭和の菅原道真《すがわらのみちざね》をめざした】

青年は荒野をめざす。三島は、少年の頃から「上」をめざしつづけた。人間は、「神の恩寵《おんちょう》」を受けた完璧な芸術家となることで、「神」へと昇格できる。三島は、神になることをめざした。

三島の人生は、菅原道真の歩みと似ている。道真は一〇〇〇年以上も前の「学問の神様」である。三島のことだから、たまたま似たのではなく、意識的に似せたのだろう。そして、道真をも超えようとした。

いつから、三島は道真にライバル意識を持つようになったのか。三島は、道真ほどの神童ではないが、まぎれもない秀才だった。いや、知識の総量では、三島が上だろう。道真が死んだ後の一〇〇〇年間の歴史を知っているし、道真が知るはずの無かった英語やドイツ語も知っていた。学習院高等科を首席で卒業し、昭和天皇からご褒美の銀時計をもらっている。推薦入学した東京大学法学部を卒業し、エリート頭脳集団の大蔵省に入った。

道真も、自分の人生を伝説化したり、神話化することに成功した。伝説上の道真は、先祖代々の学問の家に生まれ、五歳にして和歌を詠《よ》み、一一歳にして漢詩を作る才能を示したとされる。三島も、祖父・父と二代にわたる高級官僚の家に生まれ、六歳で「アキノカゼ木ノハガチルヨ山ノウヘ」という俳句を作り、わずか一九歳で処女小説集『花ざかりの森』を出版する早熟ぶりだった。

文学者だった道真は政治の世界に入り、右大臣まで昇進したあとで失脚した。追放された九州の太宰府《だざいふ》で死ぬ。病気で死んだのではなく、進んで死を選んだのだ（『北野天神縁起絵巻』）。自分を陥《おとし》れた悪人と、悪人をのさばらせた生ぬるい社会への激しい憎しみと怒り。それが、みじめな敗者である道真の魂を、「荒ぶるたたり神」へと変えた。道真は、太宰府の天拝山《てんぱいざん》で、無実の罪を天に訴え、生きながら天満大自在天神となった。この霊のあまりの恐ろしさと猛々《たけだけ》しさに驚いた人々は、道真に心から謝罪した。そして、彼を神として尊敬することにした。それが、京都の北野天満宮である。このようなプロセスを経て、天神様は、人々に惜しげなく恩恵を施してくれる神様となったのだ。

小説家として名声を得た三島は、少しずつ政治の世界に深入りする。かつて道真は、藤原氏との政治闘争で敗北した。三島は、経済成長による日本人の心の退廃に敗れた。そして、大学紛争のなごりである伝統文化破壊の荒波にも、追いつめられた。三島は、市ヶ谷の自衛隊駐屯地で、神となるための神聖な儀式を執り行った。自らが祭司であり、自らがいけにえであり、自らが神となるための秘儀。それが、血に彩《いろど》られた「切腹」と「介錯《かいしゃく》」だった。

三島の衝撃的な死で、残された人々は呪縛され、生きる平安をなくした。この不安の根源を見つめ、その治療薬を発見するためには、三島文学を何度も読み返すしかない。「なぜ」「どうすれば」と、つぶやきながら。こういう良質の読者を確保することが、三島のねらいだったのかもしれない。

こんなふうに、「三島の死とその後」をトータルにとらえてみたら、どうだろう。ちょっとオーバーだろうか。でも、人間を呪縛する大きな魂だからこそ、人間を守護するやさしい神にもなれる。そういう大きなエネルギーを「御霊《ごりょう》」と言う。道真は典型的な御霊だったし、三島もまた、芸術的な次元での御霊だった。忠臣蔵のテーマを「御霊」という視点から見事に読み解いたのは、丸谷《まるや》才一《さいいち》だった。三島伝説も、この流れの中に位置づけられよう。

【祖母の大きな愛の海に溺《おぼ》れて】

三島由紀夫の本名は、平岡公威《きみたけ》。大正一四年一月一四日、東京の四谷で生まれた。

山の手っ子、略して「ノテっ子」である。

夏目漱石《そうせき》の満年齢は明治の年号と一致していたが、三島の満年齢も昭和の年号と一致している。だから、終戦は満二〇歳の時で、死去した昭和四五年は満四五歳。三島は、「昭和の申し子」だった。軍国主義も、敗戦も、高度経済成長も、すべて見届けた。多感な少年期が、「敗北で終わる長い戦争」の期間だったことは、彼のパーソナリティに暗い影を落としている。

両親と引き裂かれたトラウマを持つ文豪が多い中で、三島は祖母や母に愛されて育った。特に、祖母からは溺愛《できあい》された。三島は、幼少期の不幸を知らない。だが、「愛の過剰」はあった。強すぎる愛もまた、子どもの心をひずませる。

祖父・平岡定太郎は樺太《からふと》庁長官、父・梓《あずさ》は農林省水産局長まで昇った高級官僚の血筋。母・倭文重《しずえ》は教育者（漢学者）の娘。非のうちどころのない良家である。三島を溺愛した祖母・夏子の血筋も、すごい。父は、大審院（現在の最高裁判所）の判事。そして、祖父は永井玄蕃頭尚志《げんばのかみなおむね》！　幕末から明治維新にかけての歴史が好きな人は、「おやっ」と思う名前だろう。幕府海軍の創設者の一人で、榎本武揚《えのもとたけあき》たちの盟友。小説家・三島由紀夫の強烈な「海」への関心は、祖母の祖父の遺伝子を受け継いでいたのかもしれない。

ともあれ、近代日本を支えてきた「知的エリート家庭」の典型がここにはある。この港から人生の海に船出した三島が、どうして「いびつな愛」の持ち主となったのだろうか。『仮面の告白』などで語られる三島の女性不信は、祖母と母への強すぎる愛情の裏返しだったのではないか。祖母と母よりも知的でエレガントで強い「女性」を、自分より若い女性の中から見つけることは、困難だったに違いないから。

神話の英雄は、「母親のような妻」と結婚することがある。妻でありながら、英雄に命令する年上の女神である。光源氏も、七歳年上の六条御息所《ろくじょうのみやすどころ》に守護してもらったり、たたられたりした。在原業平《ありわらのなりひら》は、九九歳の白髪頭のお婆さんを抱いた。「母なる大地の女神に抱かれる英雄」と「女神と結婚して妻にする英雄」は、同じものだ。三島は、祖母や母と心の中で結ばれていた。だから、生身の女性を肉体的に愛する必要がなかったのだ。

三島少年は、『アラビアンナイト』や鈴木三重吉《みえきち》の世界童話集（『黒い騎士』や『湖水の女』『かるたの王様』など）を耽読《たんどく》しながら、愛の夢を紡《つむ》いでいった。

【妹の死――三島版『永訣《えいけつ》の朝』、あるいは『火垂《ほた》るの墓』】

長男だった三島には、美津子という妹と、千之《ちゆき》という弟がいた。美津子は、昭和二〇年一〇月、終戦の混乱の中で、腸チフスで急死した。わずか、一七歳。「私は自分が涙を流しうる人間でもあることを知って軽薄な安心を得た」(『仮面の告白』)。この悪人ぶった照れ隠しの文章からは、最愛の妹を失った兄のすすり泣きが聞こえる。宮沢賢治は、妹のトシと死別した哀《かな》しみを『永訣の朝』という詩で歌った。野坂昭如《あきゆき》にも、戦後の混乱期に妹を餓死させた兄を描いた『火垂るの墓』がある。

三島版『火垂るの墓』と言えるのは、『熱帯樹』という戯曲である。兄と妹の近親愛をテーマにした作品なのだ。これは、現実の妹が既に死去しているから、そして彼女を深く愛していたからこそのテーマ設定だろう。三島の心の中では、死せる妹のイメージがどんどん理想化され、ふくらむ。そして、「兄と妹が結婚して理想の国王と王妃となる」という古代神話とオーバーラップしてゆく。

祖母・母・妹、さらには従姉妹《いとこ》たち。血のつながりの濃い女性たちへの過剰な思い入れが、三島の女性観のベースにある。自分よりも強く、美しく、言うことを聞かない魔女たち。そういえば、三島は「犬派」ではなく、「猫派」だった。土門拳が撮影した独身時代の三島の写真では、煙草《たばこ》をくゆらす三島と猫が書斎の机をはさんで向かい合っている。いばりくさった猫は、まさに「小悪魔」。愛する肉親の女たちの化身である。

【学習院の先生たち、そして先輩たち】

　三島は、一二歳で学習院中等科に進学して、文芸部に入った。高等科時代は多作で、文芸部長も務めた。後に職業作家となった三島は純文学だけでなく、「よろめき小説」と言われる中間小説（通俗的小説）も書いたし、評論やエッセイも書いたし、戯曲も書いた。その量産システムは、早くも中学時代から確立していた。

　学習院初等科（小学校）時代の三島に、読方《よみかた》・綴方《つづりかた》・歴史を教えた鈴木弘一の熱心な指導記録が現存する（幡野《はたの》武夫氏所蔵）。鈴木は、後に現在の天皇（当時は皇太子）も教えた名教師で、子どもらしい実感をありのままに表現する作文教育を行った。でも、三島は教師から見ると、理想的な生徒ではなかったようだ。

　昭和八年の鈴木の「教案簿《きようあんぼ》」には、三島の「ふくろう」という作文に対する「題材を現在にとれ」、「秋の夜」という作文に対する「久しぶりにまとまった考《かんがえ》」というコメントが見える。「久しぶりに」とあるので、いつもは子どもらしくない作文を書いていたと想像できる。三島は、自分の求める理想と教師の要求とのギャップに悩みながら、表現者としての素地を固めていった。

　だが、やはり、若者は自分を理解してくれる「老賢人」と出会って、「知恵」を授かる。中等科時代の三島は、国文学者・清水文雄の薫陶《くんとう》を受けた。明治三六年（一九〇三）生まれの清水は当時三八歳で、老人と呼ぶにはまだ若かったが、一六歳の三島少年の才能を愛した。また、坊城俊民《としたみ》（後に宮中の「歌会始」で歌を朗誦する講師《こうじ》となる）、東文彦《あずまふみひこ》（夭折《ようせつ》）、徳川義恭《よしやす》などの先輩たちにも恵まれた。彼らと同人誌を作り、『日本浪曼派《にほんろうまんは》』の文学者とも交流した。

昔話によくある「老賢人との出会い」は、若い王子が山で道に迷う話が多い。雨宿りするパターンもある。王子が泊めてもらった家には、高徳の聖人がいる。彼と話し合うことで、王子は大人の人生を切り開く知恵と勇気を分けてもらう。なぜか、聖人の家には養女だか孫だかの美少女がいる。王子は、彼女と手をつないで山を下り、結婚する。長く苦しい「大人の人生」を幸福に暮らすために、彼女から「愛の力」をもらうのだ。

「知と愛」。この二つが、若者を大人へと成長させる。高校生の三島の周辺には、よき師とよき先輩がいた。ただし、戦争中だったし、学習院は男子校でもあったから、「美少女」は、いるはずもなかった。三島たちは、男だけの精神共同体を作っていた。そこから女性が排除されているのは、モーツァルトのオペラ『魔笛』とちょっとだけ似ている。タミーノという王子が、山奥でザラストロという老賢人と出会う。ザラストロは、「夜の女王」という悪女と対決するために、男だけの教団を組織している。ここで、タミーノは、ザラストロに匿《かくま》われているパミーナという可愛《かわい》い王女と出会い、祝福されて結婚する。

三島には、「パミーナ」に当たる理想の女性がいなかった。このことは、女性コンプレックスに悩む三島には、むしろ居心地がよかったかもしれない。

昭和二一年、大学生の三島は「川端康成《やすなり》」という最高の老賢人と出会う。この時、三島は二一歳、川端は四七歳。そして一二年後、川端夫妻の仲人《なこうど》で、瑤子《ようこ》夫人と結婚した。三島は、三三歳になっていた。やっと、「老賢人の世話で理想の配偶者を得る」という目的を達して、彼の激動の青春期は終わった。

【三島由紀夫というペンネームを深読みすれば】

平岡公威は、一六歳の時から「三島由紀夫」というペンネームを使った。中等科時代の師、清水文雄が名づけたと言われている。歌人「伊藤左千夫《さちお》」の名前からヒントを得たとも、静岡県の地名である三島を用いたとも、電話帳からいい加減に選んだともされる。伊藤左千夫の本名は、伊藤幸次郎。「左千夫」の部分だけが、ペンネームである。一方、「平岡公威」が「三島由紀夫」と名のったのは、まるごと。「由紀夫」

だけでなく、「三島」の部分にも深い思い入れがあったのだろう。

本人の意識は別として、三島由紀夫という名前は、幸福と不幸の二つを呼び込んだ。三島を音読みすれば、「サントウ」。サントウと発音する「三島」は、中国のはるか東の海上にあるとされる理想のユートピア。蓬莱《ほうらい》・方丈・瀛州《えいしゅう》という、三つの島から成る。このうち、蓬莱は「日本」あるいは「富士山」のこととされた。中国から不老不死の薬を求めて蓬莱へ船出した徐福という人の子孫が日本に土着した、という伝説もある。「三島」には「日本」という意味があり、「富士山」は日本精神のシンボルでもあった。「由紀夫」は、「行く」という動詞と「雪」という名詞を連想させる。

三島由紀夫。彼ははからずも、夏でも山頂の雪が消えない日本一の霊峰・富士山の姿のように、優美なスタイルの小説を書いた。そして、日本一の文学者として、海外から高い評価を受けた。けれども、不老不死とはほど遠く、四五歳で晩年を迎えた。富士山を上空から見おろしたら、「末広がり」のおめでたい形。逆にふもとから見あげれば、「先細り」の不吉な形。若くして文壇の頂点を極めた三島由紀夫は、「先細り」になる恐怖と戦い続けた。

四五歳の「男盛り」で、早すぎる晩年を迎えた三島。人生の真夏でも、彼の頭（＝山頂）には冬が訪れていた（＝雪が降りしきっていた）。三島「由紀夫」を戯《たわむ》れに

「雪翁《ゆきお》」と書いた例があるのは、偶然ではないだろう。

富士（不二）山は、また万世一系の天皇制のシンボルでもあった。「元日や一系の天子不二の山」。明治時代の俳人・内藤鳴雪の句である。四五歳で、古式に則《のっと》り正式の切腹（と介錯）を敢行した三島は、死に先立ち「天皇陛下万歳」を三唱したという。

【立派すぎる卒業記念】

最終目標を見据えている三島は、自分の人生をいくつかの期間に分割する。例えば、日本一の小説家となって天空を飛翔《ひしょう》するためには、「高校生＝機体整備期」「大学生＝滑走期」「大学卒業後＝離陸期」などと位置づける。そして、それぞれの期間の終わりに、どういうモニュメントを建てるか、考えに考えぬいた。

学習院高等科を卒業した一九歳の記念には、最初の短編集『花ざかりの森』を出版した。そして、東京大学法学部を卒業した二二歳の記念には、『岬にての物語』という短編集を出版している。普通の学生なら、寄せ書きの「卒業文集」にちょっとしたエッセイを書くとか、卒業記念に旅行をするとか、そんなことしか思いつかない。一冊ずつ本を出すとは、さすがは大物。

輝かしい卒業のモニュメントだが、三島の大学生活は太平洋戦争の終盤で陰惨だった。召集され入隊検査を受けたが、軍医に結核だと誤診され、即日帰郷した。これは、「前途有望の若者が、愛する家族や恋人を残して戦場に行き、戦死する。惜しまれつつも勇敢に死んで、靖国の英霊（＝神）となる」という、軍国日本が推奨した感動的なストーリーの裏返しである。若き三島は、まだ死にたくなかった。美しく死ぬわけにはいかなかった。なぜなら、最終目標を達成するまでは、何が何でも生きなければならないから。

その敗戦から、二五年。書くべきライフワークを書き終え、文筆家として離陸した当初に予定していたすべてのスケジュールを消化した三島。彼には、もはやこの世に生きる意思はなかった。二五年間引き延ばされた「青年の戦死」が、よりショッキングで、よりドラマチックな「平和時の壮年の切腹」として演出された。お涙頂戴《ちょうだい》の感動ではなく、涙のかけらもない乾燥した悲劇を、三島は見事に演じた。

演じたといえば、大蔵省に勤務したのも、その一環。大学を出た三島は、高等文官試験（国家公務員上級試験）に合格し、大蔵省に入省した。これで、祖父・父の跡を継いで、「三代にわたる高級官僚」という伝説を作ることに成功した。

ただし、わずか九か月で、退職した。仕事と執筆の両立が困難という理由からだが、最初から原稿料と印税で生活できるようになったら「早期退職」するという結末を決めて、入省したのだろう。「東京大学中退」（太宰治）とか「早稲田大学中退」（五木寛之《ひろゆき》）などという経歴の小説家はたくさんいる。三島は、立派な成績で大学を卒業し、エリートコースに一度は乗ってから、余裕たっぷりに出世街道を下りた。ちょっと憎たらしい。

「ほかに何のとりえもないから、しかたなく小説家になった」という負け犬根性は、三島が最も嫌ったもの。「ほかの何にでも、自分はなれた。たとえば、官僚として生きても、相当に出世できただろう。だが、自分はあえて小説家としてのイバラの道を選んだ。自分は、そこいらの小説家たちとはタイプが違うのだ」という強烈なプライドである。

学校も職場も、きちんと後始末してから、去ってゆく。「立つ鳥、跡を濁さず」のことわざの通りだ。ただし、最後の最後だけは、誤算があった。「ノーベル文学賞受賞」という野望だけは、とうとうかなえられなかった。「ノーベル文学賞の受賞者」と、「ノーベル文学賞の有力候補」とでは、雲泥《うんでい》の差。月とスッポン。大学卒業者と大学中退者の差どころではない。自分の力ではどうしようもない運命の力を、三島は思い知らされたろう。だからこそ、運命に勝ちたいという欲求が爆発したのだ。

【才能のかたまりだったが、芥川賞《あくたがわ》はもらっていない】

三島がもらいそこねたのは、ノーベル文学賞だけではなかった。彼が職業作家となったのは、昭和二三年九月。この年、太宰治が心中事件を起こして、自殺。川端康成が、志賀直哉《なおや》の後任として、日本ペンクラブ会長に就任している。ここから、昭和四五年まで、二二年間の執筆の海への航海が始まった。順風満帆。得手に帆を揚《あ》げ。豪華ヨット・三島丸の航海は、順調だった。立ち寄る港々では、必ず大歓迎された。

明治の文豪・夏目漱石は、朝日新聞社に入社してから亡《な》くなるまでの職業作家の期間が、たった九年。処女作『吾輩《わがはい》は猫である』から数えても、一一年間だった。大正の文豪・芥川龍之介は、海軍機関学校を辞職して創作に専念してから自殺するまでの期間が、これまた八年あまり。『羅生門』からでも、一二年。いずれも、およそ一〇年である。一〇年書けば、天才といえども書き尽くす。作者の生命力も、燃え尽きる。

昭和の申し子である三島由紀夫は、大蔵省を退職してから、マスコミの寵児《ちょうじ》として二二年間も君臨した。『花ざかりの森』を出版してからだと、二六年である。四半世紀だ。漱石や芥川の二倍以上も、文壇の最前線で話題作を生み出し続けた。米を何杯すくっても中身が一粒も減らない魔法の米俵とか、どれだけ切り取って使っても分量が減らない不思議な絹の巻物などが、昔話に出てくる。三島の才能も無尽蔵で、枯渇《こかつ》しなかった。まさに、「豊饒《ほうじょう》の海」だった。

中国に、面白い伝説がある。突然に才能の開花した詩人がいた。夢で、神様から「五色の筆」をもらったのだ。しばらくして、夢の中で今度は五色の筆を取り上げられて、凡人に逆戻りしてしまう。三島は、生まれながらにして「五色の筆」を頭脳の中に内蔵していた。「小説用の筆、戯曲用の筆、評論用の筆、エッセイ用の筆、そして自分の人生を名作に織り上げるための筆」の五色である。この五色の神筆を振るって、華麗な才人として生きたのだ。最後まで、この筆は誰からも取り上げられなかった。

三島は、才能のかたまりだった。そして、マスコミでクローズ・アップされる「話題作」を書くのが巧みだった。ジャーナリストとしての抜群のセンス。

ただし、芥川賞は取りそこねた。昭和二四年。五年ぶりに、芥川賞が復活した。以後毎年、上半期と下半期で二回ずつ、芥川賞受賞作家が誕生した。昭和三〇年までの受賞者は、以下の通り。

由起しげ子、小谷剛《こたにつよし》、井上靖《やすし》、辻亮一《つじりょういち》、石川利光《りこう》、安部公房《あべこうぼう》、堀田善衞《よしえ》、松本清張、五味康祐《ごみやすすけ》、安岡章太郎、吉行淳之介《よしゆきじゅんのすけ》、小島信夫《のぶお》、庄野潤三《じゅんぞう》、遠藤周作、

『盗賊』『仮面の告白』『愛の渇き』『禁色《きんじき》』『真夏の死』『潮騒《しおさい》』『沈める滝』……この間、三島が世に問うた力作の数々。

芥川賞受賞作家のリストに、三島由紀夫の名前が見当たらないのは、何とも不自然。また、一度も候補作にノミネートされなかった。三島があまりにも「新人離れ」した大物だったので敬遠されたのか、本人が候補作に推薦されるのも辞退していたのか。このあたりの事情は、よくわからない。

ただし、昭和四一年から、三島は嫌な顔の一つもせずに、芥川賞の選考委員となった。そもそも、芥川賞には「とりこぼし」というか「やりそこない」が目立つ。古くは太宰治が有名だが、最近でも村上春樹や島田雅彦《まさひこ》という大物が、芥川賞をもらいはぐれている。三島が受賞どころか候補作にもなっていないのは、「芥川賞七不思議」の一つ。

今では、彼の名前を冠した「三島由紀夫賞」という文壇への登竜門がある。芥川賞をもらわなかった（もらっていない）文学者に授与されることもあり、芥川賞と補い合う関係にある。

【世界一周の旅と、日本を見る目の変化】

明治時代の夏目漱石や森鷗外《おうがい》は、国家のために留学した。芥川龍之介は、大阪毎日新聞社の特派員として中国に渡った。彼らと比べて、戦後の文学者たちは楽な気持ちで海外に出られるようになった。昭和二六年、二六歳の三島はクリスマスの日に、横浜から乗船して、世界一周の旅行に出発した。むろん、独身。朝日新聞社特別通信員という資格である。新聞社は、昔から小説家の大切なスポンサーだった。

アメリカとヨーロッパが中心の旅だったが、パリでは所持金をまるごとすられて、一か月間、一文無しで過ごしたという。昔話でも「一見親切そうな悪人にだまされ、殺されかかる旅人」というパターンは多い。しかし、三島はパリで『夜の向日葵《ひまわり》』という戯曲を書いて、立ち直る。悪人の罠《わな》から、自力で脱出したのだ。

半年後の昭和二七年五月に、帰国した。この半年間の外国体験は、三島の心に幸福な記憶を残したかのように見えた。漱石のように、異国でノイローゼになったり、芥川のように健康が悪化することはなかった。特に、ギリシアのどこまでも美しい海と、美しいプロポーションをした青年男女の姿は、三島を激しく感動させた。長い冬を雪にとざされるドイツで生まれたゲーテは、南国イタリアの太陽の輝かしさに憧《あこが》れたが、それと似ている。

三島は、じめじめした暗い小説のはびこる近代日本で育った。ギリシアの澄み切った空と海に感動したのは、「今の日本に欠けているもの」、そして「今の自分に欠けているもの」への渇きを覚えたからだろう。

「自分は、こんなに駄目な人間なんです。さあ皆さん、聞いてください」という「悲惨自慢」や「貧乏自慢」を得意芸とする近代の日本文学に、三島はあきあきしていた。そして、知恵には恵まれたが、貧弱な肉体しか持たない自分にも、嫌気がさしていたのだ。

海外旅行から帰国した二年後、名作『潮騒』が出版された。そこには、「健全なる精神は、健全なる肉体に宿れかし」という言葉通りの輝かしいギリシア的世界が、この日本を舞台として再現されていた。近代日本と三島の内部の「暗さ」が、「明るさ」によって消せるものなのか、新治と初江の二人のラブ・ストーリーに託して実験したのだろう。

三島は、ギリシア的な小説を書いただけでは終わらなかった。ギリシア・ローマには、逆三角形の筋肉美を誇る美青年の彫刻がある。自分自身の肉体を、それらの「美の理想型」に少しでも近づけたい、と三島は願った。

まるで小説のキャラクターの中に、作者が入り込んでしまったような感じ。『潮騒』を執筆中の三島は、新治になりきって嵐《あらし》の海に飛び込んだりしたのだろう。やがて、三島はボディ・ビル、剣道、ボクシング、居合いなどのスポーツや武道にのめりこむ。この肉体改造によって、三島は見違えるほどに筋骨隆々としてきた。

「自分をモデルとする美しい物語を、人生というキャンバスに描く」と言えば、よいことずくめのようだが、ここに危険な落とし穴があった。例えば、ミヒャエル・エンデの『はてしない物語』に、バスチアンという少年が出てくる。彼の本当の姿は、チビでデブでのろまな劣等生なのに、空想の世界では長身で美少年で聡明《そうめい》でスポーツ万能のヒーローに生まれ変わる。そのうち、夢と現実の区別ができなくなり、空想の世界から現実の世界に戻れなくなってしまう。

ボディ・ビルを始めた頃から、三島は少しずつ「現実世界になじめない自分」に苦しみ始める。「美しい自分の生きている世界が、こんなつまらないなんて、とても許せない。自分にふさわしい世の中に変わるべきだ」、というような不満だ。

こういう不満をもった人間は、新天地を求めて旅に出るものだ。そして、悪人に有り金全部盗まれたり、天使や天女のように美しい人たちと出会って癒《いや》されたりして、いろいろな経験を積む。そのうちに、「不満に思って飛び出した生まれ故郷こそが、自分が満足して暮らすべき唯一《ゆいいつ》の場所なのだ」と悟って、戻ってくる。それが、旅の終わりだ。

三島の半年間にわたる海外旅行は、「輝かしい世界を知った満足感」で終わらずに、「今の日本への嫌悪《けんお》」を生み出す皮肉な結果となった。昔話のパターンと逆なのだ。ここから、三島は不愉快な日本で毎日苦しみつつ暮らしながら、「今のようでない日本」を作り、その精神的王位に自分が君臨するという空想をふくらませてゆく。

【鉢の木会の仲間たちとの交流】

昭和二七年。つまり、半年間の世界一周から帰国した年。三島は、「鉢の木会」というグループに参加した。主要メンバーは、吉田健一（代表作『ヨオロッパの世紀末』『金沢』）、福田恆存《つねあり》（シェイクスピアの翻訳で著名）、大岡昇平（『俘虜記《ふりょき》』『武蔵野《むさしの》夫人』）、中村光夫（『風俗小説論』）ら。彼らは皆、小説家や劇作家として活躍していたが、「文明批評家」としても一流の目を持っていた。そして、これまでの自然主義文学や私小説などの「ネクラな近代文学」を軌道修正したいという情熱にあふれていた。ゲストに、ドナルド・キーンが加わることもあり、彼は後に三島の小説をいくつも美しい英語に翻訳してくれた。

まだ戦後の混乱が続いていたので、メンバーはそれほど裕福ではなかった。けれども、交互に自宅に招き合い、苦しい家計をやりくりして心からもてなした。鎌倉時代に、佐野常世《さののつねよ》という人がいた。彼は旅人をもてなすために、秘蔵の鉢の木（盆栽）を切って部屋を暖めた。この謡曲『鉢の木』のエピソードから、「鉢の木会」と名づけられたのだ。

昭和三三年、彼らは『聲《こえ》』というフレッシュな雑誌を出した。同人誌のレベルではなく、新しいタイプの文化雑誌だった。三島は、創刊号に『鏡子の家』の冒頭を載せた。藤野一友の挿絵が、何とも言えぬほどすばらしい。新しい芸術の息吹《いぶき》が、薫ってくる。

鉢の木会の吉田健一は、戦後の大宰相・吉田茂の長男。三島と吉田は、中村光夫の渡仏壮行会のために、埼玉県児玉《こだま》町に泊まりがけの旅行をしたほどの親密さだったが、後に疎遠《そえん》となった。どこかで、三島と吉田の「知性」が枝分かれしたのだ。吉田は知性を武器に現実を受け入れて、楽しく生きようとした。三島は知性の刃《やいば》で現実を切断し、破壊しようとした。その差だろう。

ちなみに、政府や外務省に大きな影響力を誇った吉田茂の息子の健一とうまく付き合えば、三島のノーベル文学賞受賞に少しはプラスとなったのではなかろうか。ノーベル賞ともなると、国と外務省を挙げての支援態勢が必要だからである。

【社会的事件を小説にするのが得意】

だからと言って、三島は現実から目を背けていたのではない。むしろ、社会的事件をモデルにして小説を書くことが多かった。芥川龍之介は『今昔物語集《こんじやく》』のような古典を素材にした作品を書いたし、太宰治は自分の過去や知人の日記を材料にして名作を書いた。三島は、事件をベースにして、自分のイマジネーションを加味するのが得意だった。

『青の時代』……東京大学の学生が金融業で成功し、破滅した「光クラブ事件」。
『金閣寺』……国宝金閣寺が、放火で全焼した事件。
『宴《うたげ》のあと』……東京都知事選挙。

『宴のあと』は、モデルとなった人物のプライバシーを侵害したとして訴えられた。三島は第一審で敗訴したが、控訴審で和解が成立した。

最近の柳美里《ゆうみり》の『石に泳ぐ魚』をめぐるプライバシー裁判でも、判例として『宴のあと』裁判が踏まえられた。性描写の自由をめぐる『チャタレイ夫人の恋人』裁判（被告は訳者の伊藤整）などと並ぶ、大きな文学裁判だった。

明治の昔から、モデル小説はあった。島崎藤村の『春』は青春小説の傑作で、北村透谷の自殺が描かれる。他の登場人物も、全員が簡単に特定できる。最近では、村上龍《りゅう》の青春小説『69』の高校教師の名前は実名である。古い話では、平安時代の『伊勢物語』でも業平《なりひら》の女性スキャンダルの相手の名前が実名で書かれている。

現実に対して何をどう付け加え、何を消し去れば、「虚構の文学世界」にリアリティが発生するのか。最初から最後まで「作り話」では、リアリティに欠けてしまう。三島は、「社会的事件＝真《まこと》」を材料にして、「フィクション＝高級な嘘《うそ》」を作るのが得意だったのだ。言わば「真から出た嘘」をつく名人だった。この点では、戦後文学の異才・寺山修司と似ている。

三島は「赤の他人」の物語を書くことで、「ほかならぬ自分」の心を告白するのが得意なのだった。まさに、「仮面の告白」である。三島は、自分の心を語るために、別のキャラクターを必要とした。それが、自殺した青年実業家だったり、放火犯だったり、政治家だったりしたわけだ。

三島の死後、今度はたくさんの人が三島について熱く語った。彼らは、「三島を愛した自分」あるいは「三島を憎んだ自分」を語りたかったのである。三島没後も、彼に憧れた「仮面の告白者」が続出している。

【戯曲には、三島の心の奥が見え隠れする】

三島は、小説家としてだけでなく、劇作家としても一流だった。すぐれた戯曲を、たくさん書いた。少年時代に祖母に連れられて歌舞伎《かぶき》を見に行ったのが、演劇を好きになったきっかけ。名女形《おやま》・六世中村歌右衛門《うたえもん》のために、新作歌舞伎を書き下ろしている。また、大学生だった戦争中には中世の謡曲を愛読し、後の『近代能楽集』に結実させた。

また、『黒蜥蜴《くろとかげ》』を女装の丸山明宏（現在の美輪明宏）に主演させるなど、かなりドギツイ舞台芸術も手がけた。そういえば、能も男のシテが女の面をかぶって女心を告白しているし、歌舞伎も男の役者（女形）が女装している。考えてみれば、不自然な設定である。今では「古典芸能」として芸術となった能や歌舞伎が、本来もっていた官能性やエキセントリックな衝撃を、三島は現代に復活させた。

演劇は、登場人物の「一人称の告白」をベースにしている。また、役者はセリフだけではなく、肉体を用いて全身全霊で表現活動を行う。『仮面の告白』の作者であり、美しい肉体に憧れる三島にとって、演劇の世界はぴったりだった。戯曲は比較的短い作品の中に、三島の個性が圧縮されて吹き込まれているので、『禁色』とか『鏡子の家』などの大長編小説よりも短時間で読めるし、「三島らしさ」をより強く感じることができる。

　彼の戯曲は、「強い女」と「女に翻弄される男たち」という人間観に基づいている。一見するとか弱く、はかなげで、悲劇的なヒロインが、本当のところは強い芯《しん》があって、男たちを自由自在に操る「悪女」だった、というどんでん返しのパターンが多い。モーツァルトのオペラ『魔笛』の「夜の女王」のような女性たちが、三島の舞台では大活躍しているのだ。たくましい女を演じたのは、杉村春子や越路吹雪たち。そういう目で、三島の小説を読み返せば、ヒロインのイメージが少しずつ具体化されてくる。

　むろん、時として「荒ぶる魂」をかかえた男が大暴れすることもある。日本神話の中で最も乱暴だったのはスサノオだが、三島は「現代のスサノオ」を何人も描いた。軍人だったり、政治青年だったり、漁師だったり、ヤクザだったりする。スサノオの神話は、姉のアマテラスへの禁じられた愛を貫こうとして、クライマックスに達する。しとやかで美しいアマテラスが、弟の過激な愛をあえて受け入れる「姉の強さ」を秘めている。やはり、男は女の掌《てのひら》の上で操られているだけなのだ。いや、強い女性に「何をしてもいいのよ」という許可をもらっているから、心おきなく暴れられるのだ。その後で、「いくら何でもやりすぎよ」と叱《しか》られるのを、ひそかに待望しながら。そして、「さあ疲れたでしょう。私の胸の中で眠りなさい」と許されるのを夢見ながら。三島の演劇は、海外で高く評価された。それは、能や歌舞伎という日本の舞台芸術のエッセンスを吸収しながらも野蛮さを保ち、西洋演劇のベースとなったギリシア悲劇の世界をも取り入れつつも、「男と女」について世界共通の人間心理を描いたからだろう。

映画のヒッチコック監督は、自分の作品の中に「ちょい役」で出演する趣味があった。三島も、たびたび舞台に登場して遊んだ。マスコミにおだてられたのか、ヤクザ映画『からっ風野郎』では、何と主演までしている。そのテーマ曲をレコーディングしているのは、ちょっと「のりすぎ」。でも、そのレコードを聞くと、三島のシャイな自己顕示欲がほほえましくもある。三島の肉声を記録した講演会のテープもあるが、『からっ風野郎』のテーマ曲は一聴の価値がある。現在刊行中の『決定版 三島由紀夫全集』には、この歌が収録されている。

【めくるめく薔薇《ばら》の世界へ。変なのは、どっち?】

秀才と自他共に認める人物が、酒の席などで乱れることがある。時には、裸踊りなど始めることもあって、人々は「秀才の意外な一面」に驚かされる。三島は、酒は強かったが、酒宴は嫌いだった。自分も他人も酔ってしまい、理屈などあったものではない低級な口げんかになってしまう。それが嫌だったらしい。

だが、三島はしらふで、裸踊りに近いことをやった。しかも、大まじめで堂々と。それが、ボディ・ビルによる肉体改造だった。その成果は、写真集『薔薇刑《ばらけい》』。三島が被写体となった男性ヌード写真集である。これを前衛芸術と見て耽溺《たんでき》するか、「不潔」と叫んで投げ捨てるか、それは読者の判断に任せよう。「見て見ぬふり」というやり方もあるし、「見ないふりして見る」人もいる。とにかく、細江英公が撮影した三八歳の三島の裸体は、「ふつうでない」三島の存在を読者の目の前に突きつける。

とにかく、被写体となった三島の目は、ギラギラと光っている。まなじりを決しているというか、目が据わっているというか。この目ヂカラでにらみ付けられたら、まさに「蛇ににらまれた蛙《かえる》」である。三島とにらめっこしたら、勝ち目はない。

「薔薇」を「ばら」と読むのは訓読み。音読みだと、「ショウビ」または「ソウビ」。「刑《けい》」は、音読み。だから、「ばらけい」という発音は、訓読みと音読みがチャンポンになった日本語である。耳に、なじまない。三島本人の造語らしいが、その落ち着かない日本語タイトルが、そのまま三島の心の状態を象徴しているようだ。『仮面の告白』も相当にあやうい青年が主人公だったが、まだ「芸術＝純文学」という前提があった。『薔薇刑』までくると、三島は「芸術＝前衛」という意識になっていたようだ。開き直りと見るか、やけのやんぱちと見るか。

さらに、昭和四三年。ということは、三島が四三歳の時だから、死の二年前である。澁澤龍彥《しぶさわたつひこ》が編集した『血と薔薇《ばら》』という雑誌が創刊された。巻頭グラビアには、篠山《しのやま》紀信撮影の男性ヌードがある。もちろん、モデルは三島。弓矢を全身に浴びて殉教した聖セバスチャンを、三島はエクスタシーの表情を浮かべて演じている。他にも、暗黒舞踏の土方巽《ひじかたたつみ》がキリストのはりつけを演じているし、美貌《びぼう》の歌手・三田明が決闘で敗れた貴族青年を演じている。

思わず、ゾクッとする。三島が創刊号に寄せたエッセイは、「All Japanese are Perverse」。直訳すれば、「日本人って、みんな変人」。三島は、「変なのは自分だけではない。日本人は、全員が昔から変だった。いや、こういう自覚を持っている自分だけは、冷めているかもしれない」と、うそぶいている。

晩年の三島由紀夫の奇妙なふるまいの数々。そして、彼を「奇人変人」扱いし、昭和四五年以降は「犯罪者」として、ＮＨＫですら名前を呼び捨てにした日本社会。どっちが、本当に変だったのだろうか。三島は、捨て身で抗議者の役を熱演している。

【渾身《こんしん》の力をふりしぼったライフワーク】

三島は、人生の最後に最高傑作を残すべく、構想をあたためていた。詩人や歌人は、処女作がそのまま最高傑作で、あとはゆっくりした下り坂というタイプが多い。小説家も、芥川の晩年は痛ましかったし、志賀直哉は「小説をほとんど書かない小説の神様」だった。小説家としてのスタートが遅かった夏目漱石は、最後まで『明暗』という力作を書き続けたが、惜しくも未完で終わった。

プライドの高い三島は、「明治以降では最大の小説家」だと、世間で認めてもらいたかった。そのためにもノーベル文学賞がほしかった。「早熟の天才」がなおも上り調子を維持し、生涯の最高傑作を人生のラストで完結させる。二〇年以上も書き続けて、なおも創作の泉が枯渇《こかつ》しない正真正銘の天才。

三島は、「豊饒《ほうじょう》の海」というシリーズ名を、このライフワークに与えた。海が好きだった少年は、海でフィナーレを飾ろうとしたのだ。そして、これまでの小説や戯曲や評論での試みを、集大成する。雑誌『新潮』に連載された。

第一作『春の雪』　昭和四〇年九月号〜四二年一月号。テーマは「恋」。

第二作『奔馬』　昭和四二年二月号〜四三年八月号。テーマは「政」。

第三作『暁の寺』　昭和四三年九月号～四五年四月号。テーマは「性」。
第四作『天人五衰《てんにんごすい》』　昭和四五年七月号～四六年一月号。テーマは「知」。

この四作のカルテットが奏《かな》でるのは、「生と死」の変奏曲。「死」は「転生＝再生」であり、「不死」であり、「死」そのものでもある。この「死」の真実を探究することで、おのずと「生」のかたちが浮き彫りになる。

第一作から第三作までは、前作が完結したらすぐに次作がスタートするという、手《て》際《ぎわ》のよさ。だが、第四作のスタートまでには、二か月の空白があった。結末をどうするか、さすがの三島も迷ったのだろう。一つのストーリーが作者の脳裏に浮かんだ場合、ハッピーエンドにもできるし、バッドエンドにもできる。だが、どちらかの「終末シーン」がくっきりとイメージできなければ、書き始められない。

連載期間は、それぞれ一七か月、一九か月、二〇か月、七か月。やはり、第四作だけが他と違いすぎる。今度は迷うどころか、韋駄天《いだてん》走りの疾走である。

三島の予定では、第四作（最終作）も「一七か月～二〇か月」、すなわち一年半以上は必要だから、それを書き上げる昭和四六年一一月から昭和四七年二月あたりが、「挙兵予定日」だったのかもしれない。昭和四五年一一月二五日の三島の自決は、予定を一年あまりも繰り上げている。何があったのか。

書き急ぎ、死に急いだ三島。だが、この第四作『天人五衰』は、他の三作と比べても絶対に見劣りがしない。三島由紀夫という人物のすべてが、ここにはある。単行本のカバー画は、瑤子《ようこ》夫人（日本画家・杉山寧《やすし》の娘）。

【時は止まった。そして、逆流を開始する……】

三島は、まだ学習院高等科の学生だった一七歳の頃、蓮田善明《はすだぜんめい》という文学者と知り合った。蓮田は、三島の『花ざかりの森』を雑誌『文芸文化』に掲載してくれた。三島たちに日本の未来を託して出征した彼が、終戦後四日目にマレー半島でピストル自決したのは、三島が二〇歳の真夏だった。

蓮田が自分よりも二〇歳も若い三島の才能を愛したのは、三島の中に「われわれ自身の年少者」を見たからだった。三島は「神童」であり、無限の才能を秘めていた。同じように、神童と呼ばれた人は多い。だが、多くの場合、大人になれば「ただの人」になる残酷な運命が待ち受けている。

三島は、ピーター・パンではないが、年を取らない「永遠の少年」のようだった。しかし、三島も人間だったので、年を取った。だが、「元神童」の三島は成人しても凡人にはならなかった。その青年・壮年期の天才の記念碑は、自力で建てた。

この三島が、「年長者＝翁《おきな》」としても天才だったならば、日本文学の風景は大きく様変わりしていたことだろう。でも、志賀直哉のように白い髭《ひげ》をはやした「老賢人＝雪翁」の姿を、三島の晩年にイメージすることはむずかしい。三島はあくまで柳生十《やぎゅう》兵衛タイプであって、柳生石舟斎タイプではなかった。

神童は、翁になることを拒否した。四五歳で、彼の時間が止まった。四三歳の時、二年後に自決を共にする森田必勝《まさかつ》と出会い、それまで率いていた学生団体を「楯《たて》の会」と正式に名づけた。けれども、「年少者」を率いる「年長者」としての役割は、三島は不得手だったように思える。

三島由紀夫を思う時、時間は昭和四五年一一月二五日から、それ以前へと、逆流を始める。戦後、戦中、戦前へと。彼の人生は昭和と歩みを共にし、彼の芸術は昭和の歩みに逆行する。

彰武院文鑑公威居士《こじ》。文武両道を理想とし、満身創痍《そうい》の自決によって「もののあれ」のすさまじい威力を見せつけた芸術家にふさわしい戒名である。三島が眠る「平岡家之墓」は、多磨霊園にある。桜の花の名所である多磨霊園は、武士道の葉隠精神に憧《あこが》れた三島の霊が鎮《しず》まるにはよいところだ。お墓の横に「霊位標」があるが、両親よりも先に息子の三島が記されているのは、いたましい。だが、それも彼が自分で選んだ人生だった。

息子より長生きした父は、息子について語ることがあった。だが、母はほとんど黙して語らなかった。神となった男の母。そのかなしみの海の深さを、思う。

風景で読む三島⑦　勝鬨橋《かちどきばし》（東京）

両脇《りょうわき》の無数の鉄鋲《てつびょう》の、ひとつひとつ帯びた小さな影が、だんだんにつづまって鉄鋲に接し、両側の欄干の影も、次第に角度をゆがめて動いて来る。そうして鉄板が全く垂直になったとき、影も亦《また》静まった。夏雄は目をあげて、横倒しになった鉄のアーチの柱を、かすめてすぎる一羽の鷗《かもめ》を見た。

……こうして四人のゆくてには、はからずも大きな鉄の塀《へい》が立ちふさがってしまった。

「鏡子の家」昭和三十四年

【解説】名門の資産家の令嬢である鏡子の家に集まってくる四人の青年たちが描く生の軌跡を、朝鮮戦争直後の頽廃《たいはい》した時代相の中に浮き彫りにする長編。鏡子が青年たちと橋の開閉を見物する場面。

三島由紀夫をより深く知るための二十冊

『三島由紀夫と檀一雄』小島千加子　構想社　一九八〇年
『新潮日本文学アルバム20　三島由紀夫』新潮社　一九八三年
『年表作家読本2　三島由紀夫』松本徹編著　河出書房新社　一九九〇年
『群像日本の作家18　三島由紀夫』秋山駿ほか　小学館　一九九〇年
『三島由紀夫の生涯』安藤武　夏目書房　一九九八年
『三島由紀夫　生と死』H・S＝ストークス　徳岡孝夫訳　清流出版　一九九八年
『三島由紀夫『以後』──日本が「日本でなくなる日」』宮崎正弘　並木書房　一九九九年
『三島由紀夫──ある評伝』ジョン・ネイスン　野口武彦訳　新潮社　二〇〇〇年
『三島由紀夫の家〔普及版〕』篠山紀信撮影　篠田達美文　美術出版社　二〇〇〇年
『三島由紀夫事典』松本徹・佐藤秀明・井上隆史編　勉誠出版　二〇〇〇年
『猪瀬直樹著作集2　ペルソナ──三島由紀夫伝』猪瀬直樹　小学館　二〇〇一年
『「三島由紀夫」とはなにものだったのか』橋本治　新潮社　二〇〇二年
『三島由紀夫・昭和の迷宮』出口裕弘　新潮社　二〇〇二年

※

『三島由紀夫おぼえがき』澁澤龍彦　中公文庫　一九八六年
『三島由紀夫あるいは空虚のヴィジョン』M・ユルスナール　澁澤龍彦訳
河出文庫　一九九五年
『倅・三島由紀夫』平岡梓　文春文庫　一九九六年
『五衰の人――三島由紀夫私記』徳岡孝夫　文春文庫　一九九九年
『三島由紀夫と楯の会事件』保阪正康　角川文庫　二〇〇一年

オーディオ・ビジュアル
『学生との対話』講演者・三島由紀夫　新潮CD　二〇〇二年
『三島由紀夫 最後の言葉』対談・三島由紀夫、古林尚　新潮CD　二〇〇二年

年譜

大正十四年（一九二五年）一月十四日、東京市四谷区永住町二番地（現新宿区四谷四丁目）で、父平岡梓、母倭文重の長男として生れる。本名・公威。
昭和六年（一九三一年）六歳　四月、学習院初等科に入学。詩歌、俳句に興味を持ちはじめる。
昭和十二年（一九三七年）十二歳　四月、学習院中等科に進学。文芸部に所属する。
昭和十三年（一九三八年）十三歳　三月、処女短編『座禅物語』『酸模』を「輔仁会雑誌」に発表。
昭和十六年（一九四一年）十六歳　九月より『花ざかりの森』を「文芸文化」に連載（十二月完結）。「三島由紀夫」のペンネームを初めて使用した。
昭和十七年（一九四二年）十七歳　四月、学習院高等科文科乙類（ドイツ語）に進学。七月、同人誌「赤絵」を創刊、『苧菟と瑪耶』を発表。
昭和十九年（一九四四年）十九歳　九月、学習院高等科を首席で卒業、陛下より銀時計を拝受する。十月、東京大学法学部に入学。処女短編集『花ざかりの森』を刊行する。
昭和二十年（一九四五年）二十歳　二月、第二乙種で兵役に合格していたが、応召して入隊検査の際、軍医の誤診で即日帰郷。六月、『エスガイの狩』を「文芸」に発表し、初めて原稿料を貰う。八月、勤労奉仕先で『岬にての物語』を執筆中終戦を迎える。
昭和二十一年（一九四六年）二十一歳　六月、川端康成の推薦で、『煙草』を「人間」に発表し、本格的に文壇に登場。この年、太宰治に逢う。
昭和二十二年（一九四七年）二十二歳　十一月、東大を卒業。十二月、高等文官試験に合格し、大蔵省銀行局に勤める。
昭和二十三年（一九四八年）二十三歳　九月、大蔵省退職。十一月、処女戯曲『火宅』を発表。
昭和二十四年（一九四九年）二十四歳　七月、最初の書下ろし長編『仮面の告白』刊行。
昭和二十五年（一九五〇年）二十五歳　八月、目黒区緑ヶ丘に転居。『愛の渇き』『青の時代』等を刊行。
昭和二十六年（一九五一年）二十六歳　十二月より北米、南米、欧州に旅行（二十七年五月帰国）。
昭和二十八年（一九五三年）二十八歳　『三島由紀

夫作品集』（全六巻・新潮社）の刊行が始まる。
昭和二十九年（一九五四年）二十九歳　十二月、『潮騒』で第一回新潮社文学賞を受賞する。
昭和三十年（一九五五年）三十歳　九月、ボディビルを始める。『白蟻の巣』で第二回岸田演劇賞受賞。
昭和三十一年（一九五六年）三十一歳　一月より、『金閣寺』を「新潮」に連載（十月完結）。八月、英訳『潮騒』がニューヨーク、クノップ社より刊行される。十一月「中央公論」新人賞選考委員となる。
昭和三十二年（一九五七年）三十二歳　一月、『金閣寺』で第八回読売文学賞受賞。
昭和三十三年（一九五八年）三十三歳　六月、川端康成の媒酌により、画家杉山寧の長女瑤子と結婚。
昭和三十四年（一九五九年）三十四歳　一月、剣道の練習を始める。五月、大田区馬込の新居に転居。六月、長女紀子誕生。
昭和三十五年（一九六〇年）三十五歳　三月、大映映画「からっ風野郎」に俳優として出演、主題歌を自ら作詞、深沢七郎の作曲によって自唱。
昭和三十六年（一九六一年）三十六歳　三月、元外相有田八郎より『宴のあと』がプライバシー侵害にあたるとして起訴される。四月、剣道初段となる。
昭和三十七年（一九六二年）三十七歳　一月、『十日の菊』で第十三回読売文学賞受賞。五月、長男威一郎誕生。
昭和三十八年（一九六三年）三十八歳　三月、自らモデルとなった、細江英公写真集『薔薇刑』が集英社より刊行される。
昭和三十九年（一九六四年）三十九歳　十一月、『絹と明察』で第六回毎日芸術賞受賞。
昭和四十年（一九六五年）四十歳　四月、「憂国」を自作自演で映画化。十月、ノーベル文学賞候補に。
昭和四十一年（一九六六年）四十一歳　一月、『サド侯爵夫人』で第二十回芸術祭賞演劇部門受賞。芥川賞選考委員となる。
昭和四十二年（一九六七年）四十二歳　四月、自衛隊に体験入隊。七月、空手を始める。
昭和四十四年（一九六九年）四十四歳　十一月、国立劇場屋上で〈楯の会〉結成一周年記念パレード。
昭和四十五年（一九七〇年）四十五歳　十一月二十五日、『天人五衰』最終回原稿を新潮社に渡す。午後零時十五分、自衛隊市ヶ谷駐屯地にて自決。

文《ぶん》豪《ごう》ナビ　三《み》島《しま》由《ゆ》紀《き》夫《お》

新潮文庫　　み－3－0

平成十六年十一月一日　発行
令和　七　年五月三十日　十七刷

編　者　新《しん》潮《ちょう》文《ぶん》庫《こ》

発行者　佐藤隆信

発行所　株式会社　新潮社

郵便番号　一六二―八七一一
東京都新宿区矢来町七一
電話　編集部(〇三)三二六六―五四四〇
　　　読者係(〇三)三二六六―五一一一
https://www.shinchosha.co.jp

価格はカバーに表示してあります。

乱丁・落丁本は、ご面倒ですが小社読者係宛ご送付ください。送料小社負担にてお取替えいたします。

ＤＴＰ組版製版・株式会社ゾーン
印刷・株式会社光邦　製本・株式会社大進堂

ISBN978-4-10-105000-3 C0195